성원씨는 어디로 가세요?

성원씨는 어디로 가세요?

유성원 소설

난다

차례

성원씨는 어디로 가세요? ● 007

추천의 글 | 아웃 오브 스키마 - 김혜순(시인) ● 187
작가의 말 ● 199

1

어떻게 살아야 하지? 남들처럼 살 수 없다는 것만 생각하자. 탐내지 않는 거, 남들이 갖고 싶어하지 않는 것만 내 것이다.

나에 대해 기대를 접으면서…… 나를 나 이상으로 생각하지 않도록 주의하고 노력하면서. 사물을 사물 이상으로 여기지 않으려 노력하면서.

돌이 일곱 개가 있거든요. 그걸 다 모으면 드릴게요. 돌과 숫자 칠과 모으다라는 동사가 아무리 연결되어도 말 이상이 될 수 없는 것처럼. 그것이 이 비어 있는 플라스틱 생수병만큼도 물질이 아닌 것처럼.

2

 간선차에 올라 운반대를 정리하는데 택배 기사가 그런다. 얘기 들었다고. 가기 전에 밥 먹자고.

 점심은 부대찌개였다. 여기 '개밥집'에 행거 싣고 오는 연변 남자, 2.5톤 모는 주임, 나, 택배 기사, 이렇게 넷이 먹었다.

 천천히 뜨려고 노력했는데 숟가락을 움직이다보면 정신이 멍해지고 밥이 적기도 해서 금방 먹어버렸다.

 우리가 앉은 창가 자리엔 해가 잘 들었다. 눈부실 정도로.

 사람을 때려가지고 팔을 방망이로 부수면 뼈가 부러지고 몸이 아프고 그러면 눈물이 난다. 그러니까 확실하게 때려 심장을 정지시켜서 고통 못 느끼게 해주어야 한다.

 자리에 앉아 이야기하지만 무엇도 말하지 못한다. 밥을 거북하게 삼켰는데 안 그래도 되었지만 그 밥을 다 먹어야 한다는 걸 알았다. 나는 그런 사람이니까.

 어떤 상황에 스스로 걸어들어가게 될까 두려워하고 있었다. 가슴에 얹히는 듯한 느낌, 불편한 배부름도 이 상황에 있기로 선택한 게 나니까 감내해야지, 할까봐 겁이 났을까?

 누가 고통받고 있으면 그 고통을 끝내는 빠른 방법은 그 사람을 끝장내는 것이다. 죽은 사람을 생각한다. 그는 내가 모르고 알 수 없는 어딘가로 가버렸다. 그 사람은 내가 안고 싶어요, 어째요, 하는 것과 상관없는 어딘가에 있거나 소멸되어버렸다.

자기가 누구인지 알고 싶은 사람이 몇이나 될까?

요즘은 큼직한 고추 봐도 빨리 안 싸면 입에서 빼버린다.

옛날에 박 탔던 아저씨는 양평해장국이 맛있어서 자기가 먹으려고 가게를 차렸다고 했는데 내게는 맛이 없었다. 하지만 그는 내게 밥을 한 그릇 사주었다. 얼굴은 잊었어도 그런 게 생각난다.

경의선 전철 타고 서울 가는데 맞은편에 앉은 아저씨 팔뚝이 굵고 힘있었다. 하지만 얼굴은 완전히 늙어 있었다. 저 사람 힘이 아무리 세더라도 죽는다. 그건 아무도 막을 수 없을 사실이다.

어쩌려는 작정도 없이 도착하니까 오후 네시였고 문이 열려 있었다.

커피 드실래요?

아뇨. 마셨어요.

시간은 지나가는데 뭔가 헛돌고 겉돌고. 애초에 왜 이런 방식으로 사람을 보고 싶어했을까?

인터뷰 시작하기 전에 물었다. 이거 녹음해도 되죠? 왜요? 외로울 때 들으려고요. 사람들은 나를 바라본다.

이제 집에 갈게요, 개가 분리불안이 있어요, 하고 형은 가고 저는 신촌에 약속이 있어요, 하고 미청년은 일어난다. 남은 사람들은 술집으로 들어가면서 나한테 성원씨는 어디로 가세요? 하는데 그러게요, 어디로 가야 하죠, 아직 여덟시도 안 되었는데.

호모들에게 전화를 해보는데 연락이 안 되거나 선약이 있거나 그런다. 이따위로 살다니. 앞으로도 이따위로밖에 못 살겠지만. 어떻게 할 수가 없어서 우선 똥을 싸러 갔다. 똥을 싸고 싶은지 오줌을 싸고 싶은지 헷갈려 오줌만 싸고 나왔다.

호모 디브이디방에 들어갔는데 사람이 없었다. 그럼 입장료를 받지 말고 손님 없다고 얘기해주지 싶었는데 둘러보니 두세 명이 있었다. 컴퓨터 앞에 앉아 시티 게시판을 보았다.

사십 분쯤 지나자 사장이 온다.

혼자 남으셨어요.

이제 닫으시는 건가요?

네.

원래 이 시간에는 사람이 없나요?

네.

밖으로 나왔는데 들어가기 전부터 각오한 일이었으니까 화내지 말자 속상해하지 말자 했다. 칠천 원 내고 들어갔지만 저녁을 먹었어도 되는 돈이니까. 칠천 원보다 기분이

상하지 않는 게 중요했다.

화장실에서는 남자 노인이 다가와 빨아줄까? 한다. 밖으로 나가니 그도 따라온다. 아예 공원을 벗어날 작정으로 걷는 내 뒤에서 그는 주차장으로 가, 주차장으로 가, 한다.

안녕하세요? 남자랑 항문섹스도 안 해본 게 무슨 남자냐. 죄송합니다. 다른 뭔가일 수도 있겠죠. 안녕하세요? 남자라면 남자 고추 다 빨아본 거 아닌가요? 아니라고요? 죄송합니다.

뭘 얘기하고 싶지? 항문섹스에 질렸다는 거. 치킨 같아서 결국 먹기는 하고 맛도 좋은데요. 다른 경험을 하고 싶었다. 다른 경험!

나중에 나는 형에게 안겨 있다. 이때는 형인지 몰랐다. 어두웠으니까. 찜방은 왜 어둡고, 어두우면 어떤 건 괜찮아질까? 밝은 곳에서 보았으면 괜찮지 않았을 부분들이 어둠 속에서는 괜찮아진다. 어둠은 숨겨버린다. 사람들이 굳이 알고 싶어하지 않는 것들. 타인의 피부색, 나이, 염증, 바이러스 수치, 피부를 아무리 만지고 눌러도 확신할 수 없는 무엇들을. 사람들은 들어왔다 나가고 형은 세번째한테 양보할게, 하고 간다. 네번째, 다섯번째, 일곱번째가 내가 있는 방으로 들어온다. 뭘 하고 싶었을까? 사람 같은 거, 사람들이 하고 있는 거. 그런데 사람들과 있는 일이 나를 괜찮게 하진 않았다. 강해져야지. 실제로 강해지고 있다. 지난날을 돌아보면 그렇다.

밖으로 나오면 나는 여전히 나고 자신에게 만족하고 있다. 바깥 세상에선 사람들이 안 필요하고 호모들이 안 필요하다. 원하는 것은 했다. 박 타기는 쉽게 할 수 있답니다. 원하는 사람과 성행위를 하실 수 있어요. 그 기준을 한없이 낮출 수만 있다면요.

거리에는 사람들이 시끄럽게 떠들며 서 있었는데 잠이 부족했고 피곤해 집에 가고 싶었다. 맞은편에서 걸어오는 남자는 나이키 로고가 크게 그려진 회색 신발을 신고 있었다. 저런 신발을 사야지. 함께인 여자도 운동화를 신고 있었다. 그 신발은 발로 밟으면 저항 없이 구겨질 정도로 낡아 보인다.

에스컬레이터 타고 전철역으로 올라가는데 경사진 벽면에 칠해진 흰색 페인트가 얇게 들떠 바스러져 있었다.

밖을 헤매다가 집에 들어오면 날이 추운데 이 안은 따뜻하다는 사실이 새삼스럽다.

어떻게 살아야 할까. 할 수 있는 쉬운 선택들로 삶을 구성해서 살아야지. 해보지 않은 일은 앞으로도 하지 말고. 할 수 있다고 해서 그걸 쉬운 일이라고 폄하하지 않으면서. 용기를 잃는다고 생각하지 말아야지. 처음부터 용기 같은 건 없었으니까. 어떤 사람도 먹고 싶은 것을 먹고 싶은 만큼 먹을 수 없다.

죽음은 중독의 해결책이긴 하다. 어떤 행동을 안 하고 싶으면? 죽으면 된다. 그럼 행동 못하니까. 하지만 살려고 하면 문제가 된다.

평소에 말을 하는 것이 중요하다. 평소에 못하면 기회가 생겼다고 느낄 때 많은 걸 말하려고 하게 되니까. 이야기를 안 하고 싶다. 내 이야기를 어디에도. 그런데 혼자라고 느끼면 이야기를 하고 싶어진다. 그걸 견뎌야 한다. 스스로를 감당하기 어려운 날이 오지 않도록 주의해야 하고.

주변 사람들이 어떻게 생겼는지 또래들이 어떻게 살아가는지 의식 못하다가 서울에 나와 많은 젊은이를 목격하게 되었다. 다니던 길이 아니고 낯선 길이어서 다른 사람들을 보게 되었다. 그럴 마음은 없었는데.

3

목욕탕 이층 간이 칸막이가 사라졌다. 계단을 올라오면 수면실 입구부터 저 끝 빛이 드는 창가까지 한눈에 들어온다. 어둑한 곳을 찾아 마스크 쓰고 수건 덮고 누워 있으니 노인들이 교대로 왔다. 저녁 다섯시 되기만 기다렸다. 한 삼십대 남자와 했다. 그를 껴안고 있다가 시간이 다 되어 일어서려니까 그가 누운 채 고개를 살짝 들어 고맙습니다,

꾸벅 인사한다. 일본인 특유의 억양이 느껴졌고 고맙습니다라는 말이 예의인지 진짜 고마움인지 모르겠는데 이상하게 일어나지 못하고 다시 껴안고 뽀뽀했다. 고맙습니다를 그다음에도 세 번 정도 더 듣고 다섯시 이십분이 되었을 때 일어나 씻었다. 인사동까지 걸어갔다.

자전거 타고 왔어요.

키 작고 군살 없는 중년 남자였다. 마흔여덟이랬나 그 언저리인 얼굴에 몸에 달라붙는 사이클 저지를 입고 있었다. 차는 다 마셨고 어떡하지? 금강제화 앞에서 횡단보도를 건너려다가 멀리 보이는 무무로 갔다. 808호에 올라갔다. 하고 싶은 건 뽀뽀랑 껴안기였다. 박까지 타야 하나? 뽀뽀만 하고 손만 잡고 껴안기만 하면 얼마나 행복할까? 불을 끄고 옷을 하나둘 벗었다. 그는 긴장했다. 항문도 꼭 다물려 있어서 오래 이완을 해줘야 겨우 검지 하나 들어갈 거 같았는데 센조이를 안 한 게 느껴져서 시도하지는 않았다. 이 사람은 혀로 손으로 곳곳을 성의 있게 간질이고 마치 로봇청소기가 한곳을 백 번 밀듯이 백 번쯤 같은 부위를 핥아줘야 시동이 걸렸는데 그러자 사우나에서의 고맙습니다남이 그리워졌다. 오랄도 목구멍 깊이 집어넣어 잘하고 혀가 아닌 볼이나 살결이 목이나 어깨에 닿기만 해도 자지러지던 그와 에너지를 백 집어넣으면 일이나 삼 정도 반응이 오는 호모와 박을 타려니 안 그래도 기력 없는 몸이 지쳐가고 있었다. 사우나에서 쌀걸 하면서 같은 부위를 혀로 백 번씩은 핥았다. 사정은 안 하고 누워 있는데 깜빡 잠들 뻔했다. 침대에 있으니 내가 얼마나 피곤했는지 깨달을 수 있었다. 침대는 나를 이해하고 있다.

ㅈ 집에 가는 꿈을 꾼다. ㅈ을 보고 손 만지고 뽀뽀하고 껴안고 나가서 초밥 사 먹는 꿈. ㅈ이 재잘댄다. 금요일에 친구랑 술 마셨다고 했잖아. ㅁ에 갔는데 완전히 취해서 새벽에 자다가 이불에 토했어. 그래서 이불 빨래 해야 돼. ㅈ의 이불을 들고 빨래방에 가 세탁 돌려두고 초밥집에 갔다. 줄이 길어 한참 기다렸다. 다 먹고 건조 마친 빨래를 통에 담아 집에 돌아가려고 했다. ㅈ이 일을 밤새 해야 한 대서 에스프레소 바에서 커피를 샀다. 나 담배 피우고 올게. 담배 피우는 ㅈ을 구경했다. 집에 와서는 ㅈ이 나한테 해줄 일이 있다고 하더니 솜이 담긴 비닐봉지를 주었다. 그 안에 담긴 솜을 베개에 집어넣어야 했다. 양이 엄청 많았는데 그게 속에 다 들어가고도 베개가 여유 있었다. 무슨 항문 같네 이러면서 같이 웃었다.

4

나는 저 사람을 모르지만 저 사람은 나를 알고 있다.

자기 환경을 통제할 수 있다고 믿고 싶은 마음. 의지 부족이 아니고 애초에 할 수 없는 건데 의지와 상관없다는 사실이 더 견디기 어려워서?

말하는 방법. 표현하는 방법.

하루 자버리는 꿈.

표현할 대상이 되는 걸 거절당하는 경험.

사람들의 반응. 반응하도록 훈련된 사람들의 반응. 자신의 글쓰기에 대해.

거짓말하지 않으려면 1. 거짓말해야 하는 상황을 안 만들어야 하는데 2. 질문받지 않거나 3. 어떻게 살아야 하지? 라는 질문을 뇌에서 삭제하는 습관을 몰래 만들자.

프라이드를 가질 수 있는 사람은 프라이드를 가질 수 있는 사람. 사랑할 수 있는 사람은 사랑할 수 있는 사람.

소중씨는 자.

아기 보물은?

아기 보물은 안 자. 다 잤어.

다른 사람이 생각하는 걸 그렇게 두기.

주말에는 ㅈ이 나보고 내 수호천사 내 대왕보물 하고 불렀다(이때는 1월이며 삼 개월 뒤에는 수호천사 자격 상실당함).

어떻게 살아야 하지! 도무지인 것들 속에서.

말은 할 수 있는데 안 하게 된다. 글도 쓸 수 있어서 안 쓰게 된다.

느끼는 감정을 설명하고 싶지도 피드백 받고 싶지도 않다. 나는 느끼니까 느끼고 느끼기만 하기에도 시간이 모자라다.

생각해야 한다는 마음이 위험하다. 생각을 제대로 하는 것도 아닌데.

내가 하고 싶은 일을 내가 하진 못하고 내가 하고 싶은 말을 내가 할 순 없다.

어떻게 살아야 하지? 이렇게 해도 된다고 부추기는 거 말고 사는 방법을 알고 싶다.

어떻게 살아야 하지. 이렇게 살아도 된다는 말에 속아가지고 사는 거 말고.

내가 나를 늘 책임지자. 남한테 어떡하느냐고 하지 말고.

ㅈ이 보고 싶고 속상하네(넷플릭스 들어갔는데 소중이랑 〈트롤〉 앞부분 재생하다 만 거 있어서……).

생각을 안 하기로 했다. 다 생각해봤고 생각하는 일은 생각하는 일이어서.

토요일에는 엎드려 있는 사람이 김수현(가명) 같았다. 김수현은 어둠 속에서 나를 보고 있었다. 김수현이라고 생각했더니 아랫도리에서 올라오는 똥냄새나 숨쉴 때마다 이 사람한테서 나는 이상한 약품 냄새를 참을 수 있었다.

행복하다. 행복할 수 있도록 마음이나 감정이 조작 가능하다는 사실이 거짓말 같다. 행복이 어떤 상태에 대한 결과나 대답이 아니라는 사실을 확인할 때면.

내 소중한 보물이 행복하다면! 그 행복에 내가 꼭 있어야 할 까닭은 없다면! 나도 혼자 행복할 수 있겠네!

소중이가 행복했으면 좋겠다=소중이가 나 없어도 행복하다=그럼 나도 소중이가 없지만 소중이가 행복하니까 행복하다.

그렇구나! 소중이가 행복하니까 나도 행복하구나!

인생을 '어떻게 살아야 할 것'으로 본다면 그 방법은 당연히 모를 수 있다. 다르게 바라봐야 한다.

어떤 사람이 될까요? 다 할 수도 없고 잘할 수도 없는 날들 속에서.

사람들이 처해 있는 위기와 곤경을 볼 때 그래 한번 고생해봐라 하는 마음 말고 도울 수 있으면 돕고 싶고 돈 들지 않는 말이라도 한마디 따뜻하게 하고 싶다.

5

행복하게 살고 있다. 나라는 상황에 대한 어떤 불만도 없이.

애인이나 짝이 다른 사람하고 자거나 시간을 보낸다고 질투하는 게 이상하고 사람들이 시간 지나면 풀려날 마술에 집단으로 사로잡혀 착각하고 있는 것 같다.

물음과 물음 아닌 걸 구분해야지. 물음 아닌데 물음의 형식을 띠고 있다고 질문으로 여겨 반응하지 말고.

누구를 보고 싶어할까. 누구에게 보고 싶어해도 된다고 허락받을까.

너는 나를 보고 싶어하지도 말아라 하는 것이 얼마나 괴로운 일인지!

너무너무 보고 싶은 소중아(길 지나가다 소중이가 이케아에서 산 강아지 인형 스몰 사이즈 목격당해서)!

구함이 없으면 된다.

아무도 나한테 금지하는 게 없고 내가 금지해야 하는데 나는 그걸 원하면 어떻게 금지할 수 있지.

어떻게 하면 할 수 있을 때 안 할 수 있을까?

걸을 때마다 발목 접지를 수도 있었는데 안 다친 걸 생각하고 운전하거나 차 탈 때마다 사고날 수 있었는데 안 났다는 사실을 생각한다.

인정해야 하는데 인정해야 한다는 사실을 받아들이기까지 시간 걸린다.

결국은 인정해야 하는 상황을 받아들이는 데 저항하느라 시간과 힘을 다 쓰는구나.

어떻게 살아야 원하지 않는 것을 원하지 않을 용기를 낼까.

어떻게 하면 사랑 없이도 건강하지 않아도 살아 있기를 선택할 수 있나요? 다른 사람을 이용하지 않고 사용하지 않고.

올바른 말, 깨달은 말이 아니라 나라는 사람을 이야기하는 거라고 반복해서 중얼거려야만 한다.

내 감정은 내게만 보이고 남들이 읽거나 보는 감정은 그들 상황에 따라 다르니까 감정에 매몰되어 이야기하지 말자. 다른 것들도 같이 비치고 있다.

잘살 수 있다는 자신 잃어버리지 말자. 애초에 없었으니까 잃었다고도 생각하지 말고.

꿈에서는 화분들을 길렀는데 식물이 자라나다가 하나같이 잎끝이 검게 물들어 죽어버렸다. 잘 크던 화분들이 매일매일 죽었다. 나는 죽은 화분들이 처음부터 없었다는 듯 있던 자리에서 빼돌려 뒤뜰이나 창고에 버렸다.

6

초봄 강릉부터 얘기해야지. 아니지. 그날 부평역 앞에서 아침 열시 반에 비 맞으면서 눈떴던 거랑 내가 술에 취해가지고 안경을 어디다 갖다버린 채로 길을 마냥 걷고 있었던 것. 그리운 것은 가물거리며 멀어지는 이 얼굴인데, 집에 들어가기 전 발을 동동 구르듯이 미안해요, 말하며 나를 껴안는 이 얼굴인데 골목이 어두워 잘 보이지 않는다. 빛이 필요하다. 기억한다. 내가 뽀뽀, 하면 다가와 뽀뽀하는 얼굴. 안 할 거예요? 머리를 살짝 힘주어 잡아당기면 아니아니 고개를 저으면서도 다가오는 얼굴.

사람이 얼마나 사람인지 깨닫게 되었다. 나는 사람이 사람이 아닐 수 있다고 생각했다. 더 대단한 존재. 사람이 글로 쓰거나 나는 누구입니다, 말해진다면 그의 조건은 일반적인 우리를 초월해서 어딘가에 있는 압도적인, 나를 으깨버리고 장악하는 것인 줄 알았는데 그가 사람이라는 사실을 확인한 후에 어쩔 줄 모르게 되어버렸다.

사람을 많이 만나고 동성애도 많이 하고 다닌다. 휴지심 안 들어가는 위로 휜 자포예요. 오랄섭을 찾았다. 구토시키는거좋아합니다하드한거가능하신분.

저도 저렇게 하고 싶어요. 저렇게 바닥에 눕힌 채 해주세요.

그는 공원에서 알몸으로 노출하는 영상을 보내준다. 어두워 얼굴이 안 보여 밝기를 조절해본다. 그가 보인다.

그는 휴지로 얼굴을 감싸 가렸고 투명한 유리그릇에 맥주보다 맑은 오줌을 누고 혀로 할짝이다가 아예 들고 마시기 시작한다.

괴로워해도 해주세요. 제가 빼려고 얼굴 돌리고 해도 강제로 해주세요. 입에 싸주세요.

　집에 들어가면 그 사람은 불을 다 끈 현관 앞 화장실에서 미등을 켠 채 파란 안대를 쓰고 무릎 꿇고 앉아 있다. 침대에는 검은 방수 비닐과 커다란 수건을 깔아두었다.

　그는 빨고 있는 자기 모습을 찍어달라고 한다. 플이 다 끝나고 나올 때는 현관 신발장 앞에 엎드려 알몸으로 엉덩이를 들어 보였고 나는 그의 허리 라인과 엉덩이가 최대한 예쁘게 나오게 찍어본다.

　대실이 마감돼 숙박만 있는데 숙박은 육만오천 원이다.

　육만오천 원 보내드릴게요. 먼저 들어가 계세요.

　숙박을 끊고 들어온다. 곧 나갈 텐데 아깝다 하면서.

　그는 허겁지겁 올라왔는데 자기 말대로 멀쩡한 사람이었다. 팔뚝도 두껍고 브랜드 뿔테 안경에 얼굴도 어딘가 판교 아이티 기업에서 일하는 고소득 회사원같이 생겼다.

　그래서 플을 시작했는데 이 사람은 대충 한다. 나는 진심오랄을 받아보았는데 이렇게 대충 하는구나. 발가락도 대충 빨고 허벅지도 종아리도 혀로 핥는 둥 마는 둥 하는구나. 침대 끝에 거꾸로 눕혀놓고 목구멍에 넣으려는데 그는 참지 않고 고개를 확 뺀다.

　그는 나에게 혼나고 싶어한다. 호되게 당해서, 강제로 인간 이하가 되는 상황에 흥분하려는 거다. 나는 일어나 침이 묻은 몸 그대로 바지를 입는다.

가시려고요?

네.

그는 들어오면서 모텔비라며 육만오천 원 지폐를 꺼내 테이블에 올려두었는데 두고 나왔다. 그것이 나를 더 화나게 했다.

지난 밤 자정 형을 두번째 보러 갔는데 이번엔 아이들 생각이 났다.

아이들 재우고 있으니 벨 누르지 말고 들어오세요. 공동현관 비밀번호 알죠.

이 집을 묘사하고 싶지 않다. 아이들을 생각한다. 아이들이 어디 자고 있을 텐데 애들은 눈치가 빠른데 아빠 방에서 나는 소리를 모르고 잘까? 벨을 누르진 않았어도 낯선 남자들이 이렇게 들락거리는데? 약을 먹였을까? 완전히 자버리라고? 죽여버린 건 아닐까. 아이들이 죽어가지고 옆방에 있는데 그것도 모르고 애들 아빠랑……

입구에는 나갈 때 챙기라고 걸어둔 아동용 마스크가 있고 방안에는 상장이랑 로봇이랑 아이들이 가지고 노는 장난감이 있다.

두번째 날 침대는 첫날과 다르게 유난히 삐걱거리는 거 같고.

형 항문을 빨고 있는데 누가 문을 열고 들어온다. 앳된 얼굴. 대학생 같다.

그는 형을 애무하는 내 옆에 서 있다. 어제는 느낌이 더 좋았는데 집중이 안 된다. 아이들 생각에 소리도 제대로 못 낸다.

부장님 오피스텔에 있었다. 부장님 항문을 한 시간 정도 핥았다. 핥다가 침을 자기 입에 뱉어주라고 했다. 그가 하고 싶어하는 건 좆물 키스였는데 나는 쌀 생각이 없어서 안 쌌다.

그는 예순다섯인데 나보다 몸이 훨씬 아름답다.

영등포에 있었다. 방에 들어가니 키 백육십쯤 되는 친구가 알몸으로 꾸벅 인사했다. 씻는 곳이 어디예요? 물으니 두 손을 발처럼 모아 안쪽을 가리켰다.

씻고 나오자 친구는 바닥에 무릎을 꿇고 양손을 구부려 앞발처럼 들고 멍멍 짖으며 고추를 빨았다. 나는 발기가 안 되고 성기는 물렁했다. 이 취향을 어떻게 만족시켜줄지 몰라 불안한 상태였다.

더 오래전 일이다. 한 남자는 벤치에 앉은 나를 오랄하려 고개를 숙였는데 정수리 곳곳에 낀 비듬이 보였다. 나는 깜짝 놀란 시늉을 하며 오랄하려던 그를 일으켜세우고는 사람들이 보는 거 같아요, 했다. 저 비듬을 털어낸다고 사라질 것도 아니고 그걸 보는 순간 다……

사람을 많이 만났다. 한 스무 명은 만났다.

사람들이 어떻게 살고 있는지 궁금했다.

만남하고 받아온 찐 옥수수는 봉투째로 두었다가 곰팡이가 피어서 버렸다.

원하는 게 무엇인지 알 수 없다.

제일 많이 찾아낸 것은 오랄섹이었다.

ㅎ의 목구멍에 넣고서 규칙적으로 움직인다. 빠르지도 느리지도 않게. 한 십 분만 더 움직이면 쌀 것도 같다. 그러다 ㅎ이 먼저 싸기 시작해 나는 목에서 뺀다. 더 해도 되는데, ㅎ은 말한다.

ㅎ의 집에서 『이 책은 당신의 비밀을 지켜줍니다』를 펼쳐보았다. 이런 이야기들은 늘 그렇듯이 도입부까지만 그럴싸하다. 초반을 지나가면 어쩌라고의 연속이다. 중독을 어떻게 관리할 수 있지?

누구에게도 답이 없는 일이다.

월남 상재리 동상 뒤편에서 동생을 벗기기 시작한다.

바지를 내려 엉덩이를 만지고 티셔츠를 들어올려 벗긴다. 티셔츠는 동생 어깨에 걸쳐두었다. 누가 바닥에 깔아둔 종이 박스에 동생은 무릎 꿇고 앉아 고추를 빨았다. 사람들이 지나가다 멀리서 바라보았다. 선 채로 움직이지 않고.

ㄷ에도 비밀 공간이 몇 있다. 산책하는 사람들은 여기가 어두운 풀밭이라고 생각하겠지.

화단에 앉아 있으면 동생이 무릎 꿇고 고추를 빤다. 아저씨들은 옆에서 자기 고추를 만지지만 동생은 그들을 안 빨아준다.

디브이디방이 있는 삼층으로 올라갔는데 문이 닫혀 있었다.

안에 사람이 있는 거 같았는데 안 열어줬다.

형은 얘기해주었다. 샴푸나 손세정제를 안에다 짜 넣으면 항문이 더 튀어나온다고.

그게 꼭 그렇게 간절한 건 아니었는데 얘기를 하다보면 내가 마치 형의 항문이 해삼처럼 튀어나오기를 바란다는 듯이 얘기하게 되었고 일정 부분 사실이었다. 항문이 튀어나왔을 때 실제로도 그 안에 넣으면 특별히 느낌이 좋다.

이 대학생은 내가 형 항문을 빨 때 고추를 흔들고 있는데 크지 않으며 발기도 잘되지 않았다. 형 항문을 핥으며 약속한 대로 손가락이 두 개 들어가고 세 개 부드럽게 들어갔을 때 발기가 죽어가고 있는 내 고추를 달래면서 쥐어짜면서 개 자세로 엎드려 있는 형 항문에 넣기 시작했다.

옆에서 흔들고 있던 대학생 친구는 내가 박기 시작할 때 형 옆으로 다가와 얼굴에 고추를 들이밀었는데 형 고개는 움직이지 않아서 키스를 안 좋아한다더니 오랄도 안 하려는가보다 했는데 곧 고추를 빨기 시작했다. 대학생은 침대에 올라가 보다 편하게 빨라고 등을 대고 앉았고 나는 형 뒤에서 왕복 운동을 하고 있었지만 발기가 빠르게 풀리고 있었다.

오피스텔에서 나올 때 부장님이, 비아그라 두 알 줄까? 했는데 아니야 다음에 할 때 먹을게, 했다.

내게 비아그라를 주겠다고 말한 사람은 세 명이 되었다. 첫번째 B은 세빛둥둥섬에서 만났다. 그는 오토바이를 가지고 와 여기가 바이커들의 성지야, 했다. 바이커들 사이를 걸어 강변으로 갔다. 데이트하는 기분을 느끼려 애썼다. 사람들이 작아 보일 때까지 걸어갔다. 공원 바닥에 앉아 그를 내 다리 위에 앉혔다. B은 체구가 작다. 어둠 속에서 우리를 보는 사람들을 나도 보고 있다.

비 오는 날 B은 나를 임진각으로 데려다주었다. 곤돌라를 타고 민통선 건너 카페에 갔다. 거기서 지뢰라고 쓰인 표지판을 카페 통창으로 구경했다.

곤돌라 타기 전 민통선 출입 신고서를 써야 하는데 B은 당황했다. 직원이 그에게 손목 밴드를 채워주는데 거기 X로 시작하는 영어 이름이 찍혀 있었다.

곤돌라가 천천히 이동할 때 B이 말한다. 나는 중국 사람이야.

알고 있다고 말했다.

또 누구를 만났더라. 어제는 〈겨울왕국 2〉 음악을 들었는데 소중이가 생각났다. 〈겨울왕국 2〉가 개봉해 소중이와 극장에 갔을 때 며칠간 자지 못한 나는 초반에 잠들었고 그러다 노랫소리에 깼는데 소중이는 영화에 감동받아 눈물도 찔끔 났다고 했다. 소중이가 보고 싶었지만 연락이 되지 않아 원망하며 내 잘못이다 생각하고 억누를 때 보냈던 수십 개의 메시지 중에서 하나 답이 왔다. 형, 넷플릭스에 어쩌구라고 있더라, 그거 재밌더라. 제목은 기억 안 난다. 보라색 외계인이 지구를 정복해서 사람들을 멀리 어디로 보내버리고 지구에서 그들이 살겠다, 하는 내용이었다. 그중에 사고를 친 외계인하고 지구인 여자아이하고 친구가 되어가지고 어쩌구 하는 거였는데 혼자 보다가 꺼버렸다.

뭘 원하는지 모르게 되어버렸다.

뭘 원하는지 아는 사람이 되고 싶었는데 가능한 일인지 모르겠다. 여기인가? 해서 두드리고 들어가보면 아니다. 이것은 지속되나요? 해서 들어가보면 아닙니다, 저는 사라질 겁니다, 하고 증발해버린다.

어떤 것은 더 지속되어서 아, 이것인가보다 한번 더 찾으면 저는 사라졌습니다, 하고 사라져버린다.

뭘 찾고 있나요, 유성원은. 무얼 찾고 있나요? 사람들이 각자 무엇에 이상해져 있는지 구경했다. 내가 제일 이상한 사람이다. 그는 말한다. 여기까지 올 줄은 몰랐어요. 온다고 하길래 미친 사람이구나 했어요.

예전엔 못생겼거나 싫으면 안 보고 헤어졌는데 지금은

얘기도 주고받고 문자도 하고 전화통화도 한다. 아무 말이나 한다. 이상하다 해도 그만 안 해도 그만이다.

요 얼마간 미쳐 있는 사람 같고 동성애를 하려고 많은 연락을 했다. 찜방 가면 되는데. 이런 거 좋아하는 사람 찾아요, 하는 거보다 찜방 가서 나를 원하고 내가 원하는 사람과 싸고 나오면 되는데 굳이 왜 누군가를 만나려고 했을까? 무엇이 계기였을까? 뭔가를 발휘하고 싶다는 마음. 누가 원할까.

ㅈ을 보고 싶은 것도 아니다. ㅈ이 보고 싶지만 그렇게 보고 싶지도 않다.

봐서 뭐할까? 나와 그는 남이고 남남으로 살아갈 거다. 자기 위치에서 자기 상황 속에서.

상황! 이 말에 사로잡힌다. 일시적인 상황 속에 있다. 그가 그렇게 된 조건, 그 상황 속에.

이렇게 기대하고 보면 저 상황이 내게 부딪쳐온다. 고개를 돌려야지. 몸을 피해야지. 옆으로 가야죠. 그렇게 지하로 내려가야지. 램프를 돌고 서행하면서.

밤에는 내가 보고 있는 이 풍경을 사람들에게 보여주고 싶었다. 빠르게 지나가는 불빛들, 속도감, 사람 없음, 휘어지거나 직선으로 앞으로 달려나가지는 이 새벽, 밤을 사람들이 보고 싶어할 거다. 구체적으로 쓰라고 타인에게는 말했지만 구체적으로 말할 순 없어요. 이건 관계에 대한 이야기니까. 나만 판단할 수 있고 타인을 판단할 수 없다.

부장님은 왜 내게 남들에겐 해주던 '목구멍 깊숙이'를 해주지 않았지? 왜 내게는 후빨만 시켰을까? 왜 발기가 안 되고 도중에 풀릴까. 핑계는 많다. 여럿이 하는 거 좋아해서, 돌림 좋아해서, 다른 사람 좆물에 흥분해서.

요구사항만 많은 나와 너. 자기객관화도 안 되고 이래라저래라 봉사만을 요구하고 자기 쾌감이 무슨 버튼처럼 눌러져야 될 것으로, 꼭 만족되어야 하는 것으로 여기는.

이럴 거면 내가 섭을 찾을 게 아니라 내가 섭인 게 아닐까? 상대를 애무하고 오랄하고 기분 좋게 해주며 공을 들인다면, 만나는 사람을 예상 못한 순간 기분 좋게 해줌이 목적이라면 나는 돔이 아니라 섭이 아닐까?

도구를 구입하고 싶었다. 가죽백 같은 거. 사람을 집어넣으면 팔다리가 랩으로 칭칭 감긴 것처럼 꼼짝 못해지는 거. 머리통만 나오는 거. 알렉스가 쓰는 거.

목구멍 깊이 자지를 넣으면 팔다리가 경련하지만 가죽백 안이어서 그만하라고 손을 내뻗을 수도 없이 발끝만 오므려지는 그런 가죽백.

아니면 입에 마개가 달린 눈 없는 복면, 아니면 목줄. 다리와 손을 구속할 수 있는 족갑이나 묶는 막대.

사람을 상자 안에 넣고 싶다. 그가 들어가길 원한다면 말이다.

상자 안에 들어가고 싶은 사람과 만나서 그가 들어가 있는 상자를 쓰다듬고 싶다.

어떻게 생각하세요? 어떻게 생각하시는지.

결국 혼자 살아야 하고 혼자 나를 관리해야 하고 혼자인 걸 견딜 방법을 찾아야 하는데 그걸 어쩌지 못하고 있구나. 이렇게 살아도 되는 거야? 물어질 때 혼자임을 느낄 때 내가 혼자다!라는 사실을 부정하지 못할 때 다 혼자인데! 너만 혼자라고 느낀다고 대수인가! 물을 때 무섭고 철렁해진다.

그런 걸 좋아하나? 다가오는 얼굴, 웃고 있는 얼굴, 수작 부리는 얼굴, 남들에게 비밀인 얼굴, 실수거나 주사여서 잊었거나 없던 일처럼 기억 못하는 일들, 새벽의 일들.

술 마시는 걸 좋아해서 술을 마시면 죽어도 된다. 술 마신다는 게 어떤 의미인지 모르는 사람들과 술에게 아무 기대도 없고 심지어 술에 병들었지만 그 병이 나와 다른 의미인 사람. 술 마신다는 게 나와 다른 의미인 사람. 언어가 다른 사람. 사용하는 말이 다른 사람. 착각할 수 있는 사람. 다르게 살아온 사람. 다르게 살아와서 그 얇은 껍질을 내가 디디고는 있지만 부서지지 않게 그 위에서 움직여야 하는 사람들. 그 조심스러움 말고 얇은 계란껍데기 같은 이걸 팍 깨어 안에 있는 노른자나 크림을 망치고 싶다. 뭔가를 깨부쉈다는 느낌. 망가뜨렸다는 느낌. 훼손했고 돌이킬 수 없다는 느낌.

이런 거 말고 회복하는 곳에 가고 싶어요. 부서진 게 있으면 조립시키고 망가진 게 있으면 수리하고 더럽혀진 게 있으면 닦아내고 정리하는 공간으로요.

누구를 사랑해야 할까. 누구도 사랑해도 되고 누구도 사랑하기로 결심해도 될 때 아무에게도 그러지 않기로 마음먹으면 그다음은 어떻게 해야 하나? 나를 사랑해야 하나? 동물을 사랑해야 하나? 만나는 사람 모두가 부처여서 그들을 '알아차리기'만 해도 되나.

행복이 어디에 있느냐면 치킨에 있고 피자에 있고 빙수에 있다. 과일 빙수 포장해와서 집에서 큰 통에 붓고 다 비벼 먹었을 때 행복했다.

그럼 또 무엇이 행복하지? 소중이 보면 행복하지. 소중이가 애교 부리면 행복하지. 소중이가 귀엽고 이쁘게 나한테 어떤 모습들을 보여줄 때. 우리가 같이 있고 껴안고 있고 뽀뽀하고 있을 때.

그건 영등포에서 '개'한테도 했어. 개는 멍멍 앞발을 들고 낑낑거리다 종종 사람이 됐다. 내가 귀를 입안에 넣고 입술로 물 때 둥글게 모아 들고 있던 앞발은 손이 되어 내 등을 감쌌다.

그런 걸 좋아하나요? 좋아하지 않는 사람이라도 이쁘다, 잘생겼다, 귀엽다 말하면서 다정한 듯이 우리가 사랑하는 듯이 행동하는 것을요.

잘해주고 싶었다. 잘해줌 받을 분, 해서 사람을 만나볼까.

뭘 원하는지는 모르지만 사람들이 궁금했다. 이 사람은 어떻게 살고 있지? 57년생인데 그리고 내가 생각한 대로 살고 있는데 57년생이 2021년은 어쩌지 못하는 채로 자기가 모든 걸 통제할 수는 없는 채로 지나가는구나. 활력이나 자기를 꽉 채워놨던 힘을 잃어가는 게 확실해진 뒤에도.

예전엔 갖고 있었던 것을 하나둘씩 상실해갈 때 다른 사람에게 함부로 대하지 않고 매너 있게 행동하려면 어떻게 해야 될까? 타인이 그에게 함부로 대하고 무례할 때에도 다른 사람을 존중할 수 있을까?

내게 갖는 생각은 잘 안 쓰게 된다. 마트료시카처럼 서른다섯의 나 안에 예순다섯의 내가 있고 백 살의 내가 있으며 그들을 돌봐야 한다는 인식을.

하고 싶은 것은 뭘까? 내가 가진 게 내 것이 아니라는 사실을 아는 거. 내가 내 것이 아니라는 거. 내 몸도 내 것이 아니고 내가 갖고 있는 건 다 내 것이 아니다.

그런데 어떻게 이 존재들이나 사물들, 조건들은 내게 오게 되었을까?

현재에 충실하고 싶은데 어떻게 해야 가능할까?

에너지를 백 쏟으면 그것이 사십이나 오십으로 돌아오는 관계를 애타게 찾고 있다.

박 탈 때도 마찬가지다. 내가 백 했을 때 돌아오는 것이 삼이나 사라면 이 사람을 두 번은 볼 수 없다.

노력은 허탈하고 에너지는 사라져버렸고 빼앗겨버렸다.

돌아오는 관계를 원한다. 상호작용이 있는 거.

줬으면 받는 게 있고 받았으면 돌려주는 게 있는.

보고 싶은 사람들. 봐도 어쩔 수 없고 어쩔 방법도 없는 사람들.

어떻게 살아야 하지? 싶어도 방법이 없는 사람들.

어떻게 살아야 하지? 이걸 원한다고 말하고 싶지 않아요! 그걸 원한다고 말해도 거기에 도달당하지 않으니까요! 그래서 나보고 그걸 원한다고 말해라 자극해도 안 말합니다. 그러니까 포기하세요.

나는 누구지.

당신이 보고 있는 나는 누구이지. 판단당함을 조롱한다는 자위도 기쁘지 않다.

혼자가 아니라는 감각을 느끼고 싶은 것도 아니다. 나는 혼자인 걸 좋아하고 자랑스럽고 혼자는 최고니까! 혼자는 왕이고 혼자는 거지고 혼자는 자기 왕국에서 다 하니까!

그래서 뭘 어째야 하는지 모르는 상태가 되어버린 것이네요.

내 왕국에서 뭘 하지. 누구를 여기로 불러내지? 누구를 초청하나요. 누구를 비행기 불러서 태워올까요? 내 섬으로 오세요, 하고 홍보할까요.

다들 자기 집으로 오라고 하는데 다들 자기 나라로 오라고 광고하고 있는데.

잃은 다음.

잃는 건 괜찮다. 그런데 그다음은 어떡하나요. 지나가야 할 것이 지나가야 한다는 사실을 받아들이고 싶어하지 않을 때.

어떤 감정이 그에게 진실하다는 것과 그럼에도 해야 하는 일, 거절당해야 하는 일이 있다는 사실을 스스로 학습하기란 얼마나 어려운 일인가요.

강제로 타인에게든 관계에서든 사회에서든 학습당하고 그 욕구가 좌절당하는 경험을 통해 보다 안전해지지만 그것을 고통과 구분할 눈이 누구에게 주어져 있을까.

남들이 좋아하는 걸 나도 좋아하고 싶다. 저 사람이 하는 걸 나도 하고 싶다. 나만 하고 싶어하는 거 말고.

남들 하는 거. 다른 사람들이 겪은 거. 나만 혼자 겪는 일, 몇 명만 겪는 일 말고 백만 명, 천만 명이 겪는 거.

7

형이 아홉시에 온다고 했는데 열시 넘어서 갔다. 한 어린애가 박히고 난 뒤에도 엎드려 있어서 항문을 만져보았는데 정액이 묻어 있었다. 검지를 항문에 밀어넣었을 때 그걸 부드럽게 조이는 괄약근, 미끌거리는 정액 냄새가 나를 발기시켰다. 젤을 바르고 넣기 시작했는데 몇 번 박지 못하고 애가 일어나 샤워하러 갔다. 돌아다니다가 오럴중인 형을 발견했는데 태닝한 근육질 남자가 형에게 자지를 물리고 빨리고 있었다. 형은 앉은 채 벽에 기대 오럴하다 언제 왔느냐고 물으며 내 고추를 입에 넣었다. 얼굴을 찡그리며 뺐다. 빨렸지? 넣었지? 묻길래 끄덕였다. 형은 수건에 몇 번 침을 뱉었다.

  홍대에서 만난 오럴섭은 눈썹이 짙고 애티 나는 얼굴이다. 그애가 고추를 빠는데 발기가 안 된다. 이 사람이 잘생겼고 나보다 어리다는 사실에 긴장하고 있다. 그애 머리를 눌러 자지가 목구멍 깊이 들어가게 한다. 애는 구토를 몇 번 하더니 어질어질하다고 한다. 얘기도 했다. 껴안고 있다 뽀뽀도 했다. 그애는 좋아하던 사람이 자기를 찰 것 같아 헤어지자고 연락하지 말라 했는데 그날 밤에 잘못했다고 먼저 전화를 했다고 말한다. 그래도 결국 헤어졌다, 여전히 보고 싶다, 말하더니 내가 왜 이런 얘기를 하지? 혼잣말했다. 그애가 쌀 때 입을 갖다댔는데 여기다 싸라고? 하더니 내 혀에 싸고는 왜 더럽게 그걸 입에 받느냐고 했다. 정액이 쏩쏠하거나 맛이 진하지 않고 묽어서 삼켜도 될 것 같았는데 휴지에 뱉었다. 뽀뽀하려고 하니 정액을 받아 더럽다고 하지 않았다.

 어두운 방에 들어가 형이랑 하고 있을 때 한 남자가 형 사타구니에 얼굴을 묻고 고추를 빨기 시작했다. 형이 아저씨 그만해요, 했다. 그가 면박당하는 걸 본 사람들은 우리에게 다가오지 않았다. 어두운 벽에 선 채 바라보고만 있었다. 형은 내 걸 빨아주었지만 나는 몸 어디에서도 쾌감을 느끼지 못하는 사람이었고 나를 흥분시키는 건 상황과 설정뿐이었다. 그런데 이 상황이 나에게 자극을 주지 못했다. 발기 안 되는 채로 형을 만족시켜줘야 된다는 부담감에 눌려 있었다. 다른 사람이 같이 하고 있다고 상상하면서, 내가 즐기는 플레이와 상황을 머릿속에 떠올리려 노력하면서 억지로 발기했는데 그마저도 일회용 젤을 뜯어 형 애널에 바르고 내 성기에 바르는 동안 죽어버렸다. 삽입하는 대신 애널을 혀로 핥으며 시간을 끌려 했는데 젤을 발라놓아서 볼기와 허벅지만 혀로 핥았다. 왜 이렇게 형 정액이 먹고 싶지? 입에 싸주세요. 메시지 보낸 게 지난주였는데 그때 만나서도 형이랑은 얼마 하지 않고 다른 사람 애널에 쌌다. 한때는 이 형을 사랑한다 믿어서 울기도 했었고 십 년 넘게 보고 있는 사이지만 이제 형의 얼굴, 근육질 몸, 노콘으로 여러 사람한테 박히는 걸 좋아한다는 정도로는 자극되지 않았다. 그럼 뭐를 원하고 어떨 때 발기할까? 보름인가 한 달 전쯤 영등포에서 만났던 서른둘인지 셋인지 되는, 처음 남자를 경험한다는 친구랑 했을 때도 발기는 죽어갔지만 내가 혀로 그의 겨드랑이든 팔이든 옆구리든 가슴이든 목이든 핥을 때 보여주는 반응, 몸을 뒤틀고 손길에서 벗어나려 팔딱거리고 신음하는 모습이 나를 흥분시켰다. 그리고 나보다 어리다는 사실이 나를 긴장시켰다. 중년 바텀한테는 흥분이 안 되나? 아니다. 여전히 중년 바텀들을 좋아한다. 키작슬림에 노콘을 하는 육십대 이상의 바텀이라면 그와 하고 싶어하니까. 그런데 몇 가지 설정들, 이러이러한 상황에 흥분한다고 학습시켰던 것들이 최근에 작동하지 않았다. 그날 밤 ㅎ에서는 아무리 주물러도 발기가 되지 않아 고민했다. 비뇨기과에서 비아그라를 처방받아야 할까? 그러면 괜찮을까? 심리적인 요인일까? 그렇다면 어째서 딥스롯 할 때는 한두 시간을 거뜬히 서 있을 수 있을까? 성기를 목구멍 깊숙이 집어넣고 숨을 쉬지 못해 괴로워하거나 숨을 참고 있어야 하는 상황, 구토하거나 눈물 콧물을 흘리며 괴로워하는 상대 숨소리가 나를 흥분시켜주는데 그럼 누군가를 가학적으로 대하면서 흥분하게 되었나? 내게는 발기를 지속하고 유지할 동기가 필요한데 그중 하나가 상대의 반응이다. 그날 다른 방에서 한 어리고 마른 친구가 통통한 중년탑에게 박히고 있었는데 나는 바텀 종아리와 발끝을 만지며 발기시켜보려고 노력했다. 성기가 커지는 듯했지만 유지되지는 않았고 죽어버렸다. 중년탑은 자세를 바꿔가며 한 시간 가까이 박았다. 십 분 정도는 옆에서 기다렸고 이십 분쯤에는 주변 방을 둘러보고 와서 기다렸고 삼십 분이 되어 자세를 바꿔 박고 있을 때에는 바텀이 힘들어 보였다. 나중에도 여전히 박고 있길래 끼어들면 안 되겠다고 생각했다. 내가 다른 탑들에게 바텀을 양보하고 싶은 마음은 길게 박을 자신이 없어서기도 하구나 싶었다. 그날 형이 떠나고 나는 싸지 못한 채 발기가 안 되어 방을 떠돌다 침대에서 잔다. 옆에 누가 눕는다. 가슴 근육이 예쁜 뿔테 청년이다. 그가 눕자마자 방에는 중년 둘이 들어와 뿔테의 가슴을 만지고 한 명은 오럴을 시작한다. 나는 옆에 누워 있다. 누워 있다가 방에 사람이 두 명 더 들어오고 그들은 선 채로 키스하다 한 명이 무릎 꿇고 앉아 다른 사람 성기를 빨기 시작한다. 침대에서 일어나 오럴, 애무당하는 뿔테를 본다. 나도 하고 싶었던 사람이다. 그런데 발기가 안 돼 다가가지 못한다. 이것이 전과 다른 감각으로 사람들을 보게 했다. 누가 다가와 빨아준다면 빨리겠지만 그마저도 발기가 안 되면 사람들은 떠날 것이다. 누가 마음에 들어도 그를 박을 수 없다면 접근할 수 없다. 편하기도 했다. 누워서 자도 된다. 잘 수 있을 것 같았다. 부족한 잠을 보충하면 컨디션이 일부 회복되지 않을까? 형이 박혔던 방으로 가는데 내가 좋아하는 마른 키 작은 어린 바텀이 잔뜩 취해 가운도 없이 엎드려 있었다. 그는 일어나 비틀거리더니 더 깜깜한 방으로 간다. 그곳에서 그는 중년 서너 명에게 둘러싸여 만져지고 나도 그를 만진다. 그의 애널을 혀로 빤다. 깨끗하게 씻은 듯해 혀를 안쪽 깊숙이 찔러넣기도 한다. 발기가 된다. 유지도 된다. 젤 바른 검지를 애널에 넣고 전립선을 자극하는데 거기서 더 밀어넣었더니 단단한 알갱이들이 만져졌다. 똥이었다. 손가락을 빼보니 젤에 범벅되었지만 악취가 난다. 세면대로 가 손을 씻었다. 왜 관장을 하지 않고 엎드려 있을까. 나를 발기시켰지만 넣을 수는 없게 한 바텀에게 속이 상한다. 가능할 것도 같은데. 돌아오니 그애는 박히고 있고 방에는 구린내가 차오르기 시작한다. 다른 방을 본다. 곳곳에 엎드려 있는 바텀들이 있고 여전히 발기가 안 된다. 박아달라는 듯 누워 자기 허벅지를 양팔로 붙잡고 엉덩이를 내민 바텀도 있다. 저 사람은 중년에게 열심히 박히며 신음도 잘 냈는데, 몸매도 식되고 박고 싶은데 발기할 자신이 없었다. 다른 방에 엎드려 있던 마른 바텀에게 통탑이 다가가 애널에 젤을 바르고 넣기 시작한다. 그 광경은 나를 자극했다. 탑이 노콘으로 안에 사정하기를 바라면서 기다렸다. 그가 사정하고 일어났을 때 나도 넣고 박기 시작했다. 발기가 죽을까봐 무섭고 커졌을 때, 단단할 때 젤을 바르고 밀어넣고 싶었다. 집어넣고 움직이는 중에 바텀이 좀만 천천히, 말한다. 그 순간 발기가 풀려 물렁해졌고 바텀이 덜 아파하는 거 같았다. 그대로 빼지 않고 움직여 십 초도 지나지 않아 사정하기 시작했다. 바텀이 실망할까봐 빼지 않은 채 움직였다. 가운과 안경, 마스크를 챙기고 일어나 씻었다. ㅅ에도 오랜만에 갔는데 클럽처럼 음악이 나오는 어두운 분위기가 좋았다. 거기서도 오랄받는데 발기가 죽었다. 그러다 박히고 있던 바텀한테 탑이 사정하더니 내게 이어 박으라고 시늉해서 노콘으로 넣었다. 박는 동안 발기가 풀려서 사정을 서둘렀다. 왜 발기가 죽고 있을까?

내가 HIV에 걸려도 괜찮다, 직장에서 일을 할 수 있을 거라는 믿음이 착각일 수 있다. 세브란스 감염내과에는 전화해 일정을 바꾸었는데 간호사가 마음대로 예약을 바꾸시면 안 되고요. 적어도 이삼 주 전에는 연락을 주셔야 해요, 해서 네, 저도 갑작스럽게 수술 일정이 잡혀서 어쩔 수 없었어요, 죄송합니다, 했다. 어떻게 살아야 하는지 알 수 있는 방법은 없다.

8

냉장고를 열 때마다 보이는 맥주를 마실까 말까 생각하

는 것처럼 이전엔 고려 대상이 아니었는데 이제는 선택지에 들어오는 사물들, 행위들. 나는 다른 사람과는 다르고 다른 사람은 할 수 없는 행동을 나는 너에게 하고 너는 나에게 한다. 내가 하고 싶지 않거나 못하는 일을 다른 사람은 할 수 있다는 이유로 그걸 요구해야 할까?

    4번 출구로 걸어간다. 드라마 모텔을 지도에서 찾고 뒷골목 계단을 오르고 문 열린 이발소를 지나 문 닫힌 방 밖에 서 있는다. 동그랗게 뚫린 창으로 내부가 보인다. 남자가 빨고 있고 발가벗은 채 항문으로 박힌다. 박던 남자가 신음하고 싼다. 바텀은 침대에서 내려와 남자의 성기를 입에 물고 한참 빤다. 바텀은 잘생긴 이십대 청년으로 어디 카페에서 일할 듯이 호감을 쉽게 살 수 있게 생겼다. 탑들은 닫힌 문이 열리고 그가 나오길 통로에서 기다린다. 방에서 나온 청년은 다른 남자에게 손목을 잡힌 채 어두운 구멍방으로 끌려간다. 그곳에서 그는 또 빨고 박히고 사정당한 다음 나오면 또다른 방으로. 그가 이 방에서 저 방으로 이동하는 동안 문밖에 서 있는다. 생각한다. 내가 뽀뽀하면 뽀뽀할 수 있는 사람, 그리고 나와 뽀뽀를 해줄지 안 해줄지 모르는 사람, 목구멍에 박으면 삼십 분을 박든 한 시간을 박든 내가 쌀 수 있을 때까지 참아주는 호모들을. 이것과 저것은 어떻게 다를까?

    어디를 가도 되는데 어디를 가도 보인다. 아무 말 안 한다. 좋으면 좋은 거지. 볼 수 있으면 보는 거고. 비가 오는데 비가 안 오게 할 방법은 모른다. 잠을 자지 못해서 어쩔 수 없이 잠이 든다. 꿈을 꾼다. 사람들이 좋고 만나면 좋다. 가난해질까봐 무섭다. 가난해져서 돈이 있을 땐 할 수 있는 일들을 못하게 될까봐. 보고 싶은 사람들이 나를 자기가 보고 싶은 대상으로 바라보는 상태를 두고 싶다. 건드리지 않고. 어떻게 하면 죽은 사람이 살아 있을 때 안 죽어 있을 수 있느냐, 묻고 싶은 거죠. 원하는 것을 다 했는데도 밤이고 원하는 것들에 둘러싸여 있을 때. 마시고 있을 때는 더 마시고 싶지만 몸에서 받지 못할 때. 왜 더 먹어도 될 것처럼 부추겨질까? 저 사람은 저렇게 많이 먹고 더 먹는데 왜 나는 여기까지밖에 먹지 못할까?

하고 싶은 말을 하고 있어서 할말이 없다. 여기도 아니어서 돌아나오는데 그럼 저기로 가야 하나?일 때에도 순간과 운이 작용한다는 데 익숙해지지 않는다. 어떻게 살아야 하지? 어떻게 해야 마음을 아프게 할 수 있지? 누가 기꺼이 아파해줄까? 내가 뭘 느끼고 어떻게 생각하는지 남들이 알 필요 없다. 어떻게 하면 타인의 몸이나 존재가 숙제가 아닐 수 있을까. 어떻게 해야 몸으로 기쁨을 느낄까? 다른 사람에게 고통을 주지 않고서.

9

 박히는 팀의 피부가 매끄러워 식이 됐다. 이 남자의 몸과 항문이 어떤 취급을 받으며 살아왔는지 느낄 수 있었다. 완전히 늙었지만 젊은 나보다 몸을 잘 가꿔왔다. 그는 나와 키스하며 한참 박히다가 탑이 사정하고 일어나니 수건을 꺼내 항문을 닦았다. 닦지 말지, 아쉬워하면서 박으려고 했더니 콘돔을 끼라고 해서 안 했다. 이층에는 사람들이 버글거렸다. 수면실 출입금지, 사용금지. 이건 언제 쓰려고 붙여놓은 걸까? 나는 빛 없는 거기에서 누군가를 기다리는 노인들의 엉덩이를 만난다.
 나는 건드려질 준비가 되어 있는 상태여서 제발 혼자일 때는 절대 나를 건드리기를 바라지 않는다. 나를 건드릴 때는 돌멩이로 머리를 깨면 된다. 차로 들이받거나 그러면 나를 건드릴 수 있다. 나는 줄 준비가 되어 있고 주기로 되어 있고 주는 사람이어서 아무에게도 주고 싶지 않았다. 거리를 두려 노력하고 있고 상황에 사로잡히지 않으려 노력하고 있다. 상황은 나를 늘 붙잡으려 한다. 붙잡히고 나면 상황 때문에 어쩔 수 없었어, 말할 수 있을지 모른다고 믿고 싶어하지만 실제로는 모든 것이 나라는 개인의 책임이 된다, 선택한 것처럼. 그러니 상황에 붙잡히지 말아야 한다. 붙잡히기 전에는 그것이 변명해줄 것처럼 나를 압도

하는 듯 보이지만 사실이 아니다. 지금도 그 엉덩이를 생각한다. 나는 키가 작고 말랐고 노콘으로 여러 번 박힌 육십대 이상의 바텀을 안 좋아할 수가 없구나 하면서. 젊은 사람 말고 늙은 사람. 그건 희소성 있다. 늙은 사람은 죽기 쉽다. 젊은 사람은 웬만하면 살아 있고 그가 늙어갈 동안 우리가 마주치고 박 탈 기회는 있는데 늙은 사람은 몇 년 후엔 여기 없을 수 있다. 그래서 늙은 사람이 더 좋은가? 비가 내렸고 신발 앞코는 젖어 있었다. 어딘가 누워 자고 싶었지만 지하로 내려왔을 때 욕탕의 습기와 델 듯이 뜨거운 물줄기가 나오는 샤워기를 볼 때 그리고 사람들, 많은 박 탈 대상을 목격하고는 숨이 답답해 빨리 나와버렸다. 다음에는 낮에 와야지. 밤에 안 자는 건 괴로우니까 푹 자고 낮에 일어나서 많은 사람이 뒤엉켜 박 타는 이곳에 와야지. 어떻게 하면 원하는 걸 다 할 수 있을 때 원함의 강도나 빈도를 조절할 수 있을까? 아직까지는 선택처럼 보일 때. 어떻게 해야 어떤 감정이 애초에 없었던 것처럼 나를 속여 그다음으로 나아가라고 할 수 있을까? 뭘 느끼고 생각하는지 표현하지만 않으면 된다. 그러면 보이기만 하는 나는 보여지기만 하니까 서로 공평해진다. 판단할 뿐이지 원래 그 상태대로 존재하고 있다. 판단은 사실이 아니고 감정에 불과하다. 여기를 보라고 주목을 요구하는 상황이나 상태에 불과하다. 이건 몸에 치명적이라고 경고하는 통각이 아니고 마음에서 일어나는 통증에 불과하다. 그럼 이 통증은 어떻게 상대해야 하나요? 딱딱한 책상은 마음이나 몸이 없어도 백 년도 살겠는데 이 통증을 어쩔 수 없을 것 같으면. 보고 싶은 사람들을 떠올린다. 머릿속에서 백 번이나 삼백 번 말고 오천 번 정도 본 사람들.

10

 죽은 다음에도 넓고 좋은 땅을 차지하고 누운 사람을 보면 인생 뭘까 싶어진다. 뭣 때문에? 나를 원하는 사람을 어디에서 만날 수 있는지 빨리 알게 되어 다행이다. 그걸 몰랐더라면 인생을 망치고 망치는 것밖에 답이 없었겠지. 친밀감을 유지할지 그만둘지 선택할 수 있다. 갖고 있다면 나눠주세요. 좋은 것이 있다면요.
 회의 마치고 계단을 내려오면서는 뒤따라오는 ㅇ을 힐끔 본다. 이 사람과 종로를 걸으면서 안아봐도 되는지 볼 부벼도 되는지 물었을 때 그가 끄덕여서 볼에 볼을 부빌 수 있었던 걸 생각한다. 포차 거리에서는 이름이 기억나지 않는 상욱인지 성욱인지가 나에게 성원이 형! 하고 술 취한 채 반갑게 다가와 기뻐하며 껴안으려 했더니 뒤로 물러서며 정색하던 모습이 생각났다. 순간 정신이 들었고 수치스러웠다. ㅇ에게 글을 더 쓰라고 이야기했지만 그것 말고는 할말이 없었다. 회의 전에는 두시 이십분에 육층에 도착해 있으려 했는데 파주에서 한시 넘어 출발했다. 늦지는 않았다. 종로에 내려서는 이를 닦고 싶었다. 양치하고 샤워했으면 싶었다. 애플워치가 신설동에서 종로 가는 버스에서 알려주었다. 운동량을 달성할 기회가 있어요. 십 분만 빠르게 걸으세요.

어디쯤 오셨어요? 물어서 송해길이에요, 한다. 이 사람은 자기를 훈오랄섭이라고 했는데 시티 게시물에는 존못뚱입니다, 라는 댓글이 달려 있다. 뚱이든 아니든 랏슈를 하고 목구멍 깊이 쑤셔지는 걸 좋아한다고 하니 그렇기만 하다면 상관없다. ㅅ모텔 삼층으로 올라간다. 들어가기 전 술집 야외 테이블에는 게이들이 서너 명 앉아 있다. 벨을 눌렀는데 답이 없다. 라인을 보내고 문을 두 번 두들겼다. 누구세요? 라인요. 아닙니다. 안에서 울리는 낮은 음성에 엘리베이터를 타고 내려온다. 휴게텔이나 사우나, 더브이디방이 아니어서 이런 경우를 겪는다고 충격을 받거나 화가 나지는 않았다. 다만 시간이 줄어들고 있었다. 사우나 이층에 올라갔을 때는 직원이 나와서 우리 주간만 하는 거 알죠? 물었다. 여덟시에는 손님이 다 빠져요. 시계를 보니 일곱시 오십분이었다. 열시까지는 하죠? 아홉시까지 해요. 그는 가운과 옷장 키와 잔돈을 건네주었는데 나는 죄송합니다, 환불 부탁드려요, 했다. 그때 거기서 팔천 원을 내고 양치도 하고 고추도 똥구멍도 닦았어야 했는데…… 하고 유성원은 후회합니다. 한 시간 후에…… 모텔을 나와서, 아까 술집 앞을 지나고 싶진 않아 익선동으로 갔다. 운세 뽑기를 하는 거대한 벽 조명 아래 남녀 커플들이 서성인다. ㄹ을 갈까, ㅂ을 갈까, ㅈ을 갈까. 씻고 싶어서, 양치질 안 한 입안이 거슬려 사우나 가야지 한다. 낙원상가 횡단보도에서 업장에 전화해봤는데 받지 않는다. 여덟시 반을 지나고 있었다. 열시까지만이라도 영업하면 안에서 박을 타거나 고추 빨리겠다는 게 아니라 양치하고 샤워하고 싶었다. 송해길 지나 횡단보도 건너 국일관 엘리베이터를 탔는데 지하 이층이 안 눌린다. 나는 엘리베이터에 실려 위로 상승해 이층과 십일층 폴댄스학원을 거쳐 일층으로 나온다. 이대로 버스 타고 신설동으로 돌아갈까 하다 공원으로 간다. 화장실에서 한 노인은 내게 몸을 밀착하며 성기를 만지고 대변기 칸으로 들어오라 손짓하지만 밖으로 나온다. 내가 좋아하는 키 작고 마른 대머리 노인이 다가와 바지를 벗기고 속옷을 내리고 고추를 빨아주었다. 뒤로는 못한다 해서 숲을 서성이다 또다른 노인을 만난다. 그는 나를 사람들에게 보이는 밝은 곳으로 끌고 가서 빨아줄까? 물었다. 끄덕였다. 빨리면서 싸고 싶었는데 바깥 사람들에게 보이고 있다는 걸 느껴 바지를 올리고 나오려 한다. 그런 나를 한 젊은 남자애가 보고 있다. 그애 옆에는 늙은 남자가 끈질기게 쫓아다니고 있다. 풀숲 으슥한 곳에 들어오니 한 노인이 나무를 붙잡고 구부정하게 선 채로 박히고 있다. 그 옆에서 노인의 등을 만지고 손을 쥐어본다. 그가 손을 내밀어 내 앞섶을 더듬는다. 박던 중년남이 사정하고 자리를 비켜서 그의 엉덩이와 애널에 묻은 축축한 정액을 손가락으로 문질러 냄새 맡는다. 나를 오랄하던 노인이 내 성기를 잡고 바텀 애널에 넣기 좋게 조준해준다. 바텀 노인은 손에 가래침을 뱉어 내 자지에 발라 부드럽게 하고 항문에 밀어넣었다. 마주쳤던 젊은 남자애는 조금 떨어진 곳에 서서 우리들을 구경한다. 그를 따라다니던 늙은 남이 그애를 빨아주기 시작했다. 이번에 그애는 밀어내지 않는다. 그들을 지켜보면서 마른 노인을 품에 껴안는다. 그애는 노인을 박는 나를 지켜보면서 빨린다. 노인한테 쌀 때는 신음했다. 그애가 듣고 있다는 사실에 흥분하면서. 낮에 회의했던 건물로 돌아가 화장실에서 칫솔로 물 없이 양치했다. 빌딩을 나올 땐 경비원에게 고맙습니다, 인사했다. 그가 큰 소리로 네 안녕히 가세요, 말해주어서 기분이 좋았다.

성원님. 같이 찜방 가려고 연락드렸어요. 행사하신다고 했을 때요. 남친이랑 트에 갔어요. 남친 노콘으로 박고 돌림하고 저도 안싸당하고요. 재밌었겠네요. 나를 술 먹여가지고 완전히 먹여서 데려가고 싶다고 생각했다. 다 잘되려 하고 있다. 나만 나를 참을 수 있으면. 남들이 나를 참지 못할 거라는 사실만 참을 수 있다면. 말랑말랑한 손, 그 감촉이 생각난다. 고개를 끄덕이고 염려해주는 내 시선에 반응하는 눈빛도. 손 봐요, 하는데 가운뎃손가락인지 검지인지 어두워서 잘 기억나지 않지만 두툼한 붕대 감은 손을 준다. 여기예요. 깊이 베여서 가슴이 울렁거렸어요. 노콘 안싸 노인은 내가 사정하고 고추를 애널에서 빼내자 곧바로 바닥에 똥 싸듯이 쪼그리고 앉아 정액을 빼냈다. 그런 장면을 떠올리면 살아 있는 걸 허락받았다고 느껴야만 할 때에도 용기가 난다. 언제든 그런 장면에 참여할 수 있다. 호모들이 있는 곳으로 가서 그들과 할 수 있다. 자기 삶을 책임져달라고 호소하지 않는 사람들, 알아서 싸고 알아서 해결하고 묻지도 않고 다시 만날 수도 없이 헤어지는.

11

식이 안 돼서. 노식이라서. 생긴 게 마음에 안 들어서. 몸이 크거나 작아서. 고추 모양이 못생겨서. 항문에 곤지름이 있어서. 배가 나와서. 늙어서. 눈빛이 별로여서. 손끝에 깍두기 국물 냄새가 배어서. 어떤 말투가 싫어서. 다 싫어서. 게을러서. 더러워서. 집을 안 치워서. 운동을 안 해서. 먼지를 그대로 둬서. 얼룩진 걸 얼룩지게 두어서. 기대하고 있어서. 기대하는 눈빛이어서. 돈이 없어서. 돈을 안 내서. 돈을 쓰게 해서. 일찍 만나자고 해서. 자주 만나서. 연락을 안 받아서. 연락했는데 답이 없어서. 약속했는데 깨버려서. 기대하지 않고 바라지 않고. 금요일 밤, 나는 쇼미더머니를 휴게실에서 보고 있다. 옆에 앉은 형을 가랑이 사이로 끌어당긴다. 그의 머리통을 잡고 바닥에 무릎 꿇린다. 그가 내 고추를 빠는 동안 쇼미를 본다. 불구덩이에 떨어지는 래퍼, 올패스, 혹은 모자란 패스를 받으며 통과하는 남자들. 심사하는 이도 남자, 받는 대부분도 남자.

누가 뒤에서 어깨를 짚어 가만히 놀란다. 맞은편 앉은 사람의 반가워하는 인사로 등뒤에 누가 왔구나, 느끼지만 보지는 못한 상태다. 뒤에서 목소리가 들렸다. 허스키하고. 누구겠구나. 돌아보지 않았다. 그날과 달리 일층에서는 보고 싶다. 껴안고도 싶고.

가난한 사람 말고. 옷 이렇게 입는 사람 말고. 구렛나루나 볼에 삐죽삐죽 관리 안 된 털이 있는 사람 말고. 손등이나 입가에 각질이 일어난 사람 말고. 테이블이 더러워도 무신경하게 앉는 날 말고. 다른 사람들하고 서 있는 날 있잖아요. 다른 사람들이 자리에 앉지 않아서 나도 서 있는 날. 저 사람들이 어떻게 행동하는지 보면서. 어떻게 살아 있는지 보면서. 계단을 혼자 오줌 싸러 내려가면서 뛰어가는데 겁이 난다. 이 사람들이 싫어지면 어떻게 하지? 이렇게 살아가는 걸 싫어하게 되면 어떻게 하지?

어떻게 살아야 하는지 자신 있는 사람은 없어요.

대담에서 유관 단체 대표는 말한다. 나는 아팠다고 말하는 사람이 좋은데 그는 자기가 아팠다고 말한다. 아픈 다음에 회복이 되니까 또 아팠다고 했다. 그래서 지금은 아프지 않도록 여러 노력을 기울인다고 했다.

바닥에 눕혀놓고 웩웩 구토하도록 목구멍을 쑤셔도 허벅지로 머리통을 감고 조여도 기쁘지 않고 쌀 수가 없다. 사정한 척 신음하면서 귀두에 힘을 주어 껄떡거린다. 이 사람은 드디어 '리워드'를 받았다. 씻으러 가서도 안 헤어지고 따라온다.

따라다녀도 돼요?

되죠.

샤워실에서 몸의 물기를 닦는데 그는 문앞에 서서 안 비킨다. 수건으로 얼굴 닦는 동안 내 고추를 그가 쥐어본다. 한번 쳐다보고 웃었다.

만지면 안 돼요?

빨아도 돼요.

여기서요?

네.

다시 샤워실에 들어왔을 때는 씻을 곳 없이 만석이다. 나는 먼저 씻고 나온다. 바닥에 누워 있을 때 그가 따라 들어와 내게 어떤 걸 기대하는지 이야기한다. 그를 바닥에 눕혀 얼굴 위에 쪼그리고 앉아 성기를 목구멍에 집어넣고 꺽꺽 박고 있을 때 방으로 덩치 큰 남자가 들어온다. 그를 올려다보며 웃었더니 내게 다가와 입에 고추를 물렸다.

금요일에 오면 만날 수 있어요?

네. 금요일에 자주 와요.

약속한 밤에 이 사람은 보고 싶지 않고 저 사람은 보고 싶은 이유가 뭘까. 사람들에게 내가 바라는 건 단순한데 상대방이 내게 바라는 게 단순하지 않을 때 보고 싶지 않다. 애널섹스를 하거나 노콘섹스를 하거나 딥스롯을 하고 싶은 게 아니라는 사실을 제발 이해한 사람과만 만나서 애널섹스를 하거나 노콘섹스를 하거나 딥스롯을 할 수 있다. 그것을 꼭 나와 할 필요도 없고 나나 너여야 할 필요도 없는 사이일 때만 그런 걸 한다.

그는 저녁으로 부대찌개 먹을까? 물어서 보고 싶지 않아진다. 부대찌개 냄새, 옷에 배는 냄새, 손에 배는 냄새, 빨간 거, 그런 게 싫어서. 냄새나는 수증기, 증발하는 국물, 열기, 식어서 방울로 맺히는 물기, 그런 거. 그런 공간에는 혼자만 갈 수 있다. 다른 사람 보지 않을 때, 혹은 알몸으로 옷 벗고 씻을 수 있을 때. 그런 다음 사우나 옷장을 열고 옷 입을 때 그게 땀으로 젖어 구겨져버렸거나, 그런 옷을 주섬주섬 펴 걸쳐야 하면 누구도 만날 수 없다. 왜 냄새에 민감할까? 냄새나는 상황, 그게 특히 먹을 것일 때.

12

 좋아하는 사람을 만질 필요까진 없다는 사실을 받아들이는 데 삼십 년이 걸렸다. 왜 먹어도 더 먹고 싶을까. 나에게 먹는 것을 금지하지 않는 세상에서. 혼자 원하는 대상을 제한하고 행동을 통제하려는 노력이 부질없어지는 걸 보면서. 어떻게 하면 의지를 발휘할 수 있나. 손가락은 네 개까지 넣었는데 주먹이 통과하지는 못하고 입구에 머물고 있었다. 괄약근이나 직장 같은 피부 조직이 아니라 더는 벌어지지 않는, 뼈가 느껴지는 한계에서 네 발로 엎드려 있던 형은 내 손목을 자기 손으로 쥐고 힘주어 항문 속으로 밀어넣는다. 뼈근한 느낌과 함께 완전히 박혀버린 주먹은 직장 안에 갇혀 있다. 내부 공기가 어딘가로 빠져나가버린 듯 순식간에 수축하며 주먹을 아프게 압박하고 있었다. 내 손가락 관절에 형의 모든 맥박이 느껴진다. 손등은 온도 높은 물주머니에 들어간듯이 뜨겁고 화상을 입을 것 같다. 좌우로 느리게 팔을 회전하다 젤로 미끌거리는 주먹을 서서히 빼낸다. 옆에서 기다리던 남자가 손가락을 뾰족하게 모아 형 항문에 대더니 내게 젤, 젤, 그런다. 젤을 그의 주먹에 짜는데 왼쪽 손가락에 낀 금속 반지가 보인다. 반지, 반지 빼세요, 상처나요. 남자는 반지를 빼는 대신 오른손을 내밀어 젤을 더 뿌려달라고 한다. 그의 손톱은 다듬어지지 않아 날카롭고 저게 안으로 들어가면 내장에 피가 날 거 같다. 형은 피스팅을 마치고 내 손톱을 칭찬해주었다. 토요일에 와. 토요일에 가야지.

하고 싶은 말들을 할 수 있다고 용기를 주어야 한다. 나는 할 수 있는 말을 할 수 있다.

한 여행 유튜버는 친구 ㄱ이 사는 동네로 떠나 빈집에 짐을 풀고 혼자 돌아다니며 편의점에서 삼각김밥을 사 먹는다. 그는 친구 집에 돌아와 영상 편집을 했는데 그때 퇴근한 ㄱ이 밥 먹었는지 묻더니 나가자, 맛있는 거 사줄게 한다. 이 순간 가슴이 미어지면서 무언가를 깨달았는데 누군가를 좋아한다 해서 그를 만지거나 껴안거나 뽀뽀하는 스킨십을 할 필요가 없다는 사실이었다. 누군가의 옷을 벗기고 내 옷을 벗고 상대의 몸을 마주하려고 내 맨살을 보여주고 항문 안에 이물질 없게 세척해 성기에 젤을 바르고 콘돔 없이 삽입하는 부담을 짊어질 필요가 애초에 없었다. 좋아하면 밥 먹었는지 물어보고, 맛있는 걸 사주면 되는 거였구나. 그걸로 ㄱ은 그를 사랑한다고 표현할 수 있고 그를 좋아한다고 말할 수 있고 이 좋아함이 호모나 게이의 그것이 아니라 ㄱ이 그라는 한 인간을 좋아하는 방법, 시간을 보내는 방법이구나 생각하면서 가슴이 미어지고 있었다. 좋아하면 육체적인 관계도 맺어야 하고 뽀뽀를 했으면 옷까지 벗어야 하고 고추까지 빨아야 하는 게 아니라 손잡고 뽀뽀만 할 수도 있다. 뽀뽀했다는 것이 나는 호모이고 게이입니다, 여서 누군가와 그 이상의 관계를 맺어야 한다는 게 아니고 내가 고양이나 베개에 입을 맞추고 부비듯 하나의 표현, 언어일 수 있다, 그것뿐이다, 라는 나 외의 사람은 알고 있었던 뭔가를 이제야 사회화한 기분이었다.

  샤워하는 동안 형의 항문은 닫혀 있다. 형이 머리를 감았던 수건을 풀자 나와 같은 민머리가 나왔다. 나는 그와 입술로 키스했는데 형의 항문이 내 손가락과 주먹을 섬세하게 감싸고 강하게 조였던 것처럼 그의 입술은 많은 말을 하고 있었다. 짧았지만 그 입술에 내 입술을 맞대고 이야기했다. 형은 그걸 다 듣고 느끼고 있었다. 나는 오늘 처음 본 이 형을 오래전부터 알고 있었던 것 같다고 느꼈다.

13

  사람들이 보고 싶다. 누군가 모여 떠드는 자리에 앉아

있고 싶다. 누군가를 형이라고 부르고 싶고. 누군가를 형, 하고 다정하게 부른다고 해서 그의 고추를 빨거나 항문을 빨아야 하는 건 아니라는 사실을 이해하면서.

　토요일 낮이었다. 작은 방은 어두웠고 들어가기 전 입구에서는 뒤엉켜 있는 사람들 실루엣만 보였다. 사람이 오가며 입구를 가린 커튼이 들춰질 때만 복도 쪽 빛이 슬쩍 들이쳤다. 어둠에 적응한 눈은 보여준다. 신음하면서 박히는 사람, 박히는 사람 옆엔 빨리는 사람이 있다. 무릎 꿇고 빨던 사람은 일어나서 항문에 젤을 바르고 빨리던 사람에게 엉덩이를 내밀었는데 빨리던 사람은 에이, 콘돔 안 꼈잖아, 하고는 가버린다. 오랄하던 사람은 내게 와서 고추를 빨다가 나에게도 똑같이 엉덩이를 내밀었다. 그는 내가 좋아하는 체형이나 외모가 아니었지만 그가 노콘을 하려다 거부당했다는 사실, 그리고 그의 항문이 많이 사용되어 벌어져 있으며 울퉁불퉁 살점이 튀어나왔다는 데 이상한 의리를 느끼고 이걸 거부하면 안 된다고 느껴 노콘으로 안에 쌌다. 복도로 나오는데 티브이를 볼 때 옆에서 만지면 안 돼? 물었던 중년이 다가와서 애야, 이 사람이랑 해, 하며 백발 노인을 내게 떠밀었다. 그는 체격이 작고 귀티나는 얼굴에 피부가 새하얗다. 치아도 가지런하고 어디 외출하고 돌아오면 온몸을 구석구석 씻은 뒤 로션을 바르고 정돈된 이부자리에서 잠들 것처럼. 귀티나는 백발 노인을 안고 큰방으로 간다. 한 손바닥에 잡히는 작고 귀여운 엉덩이를 쥐고 핥고 가슴도 빨고 겨드랑이도 빨고 귀도 빨고 온몸을 다 빨고 입술을 빨고 애널도 빤다. 사정 후 씻고 사우나 벤치에 앉아 있는데 머리통이 큰 중년 남자가 들어와 앞에 털푸덕 앉는다. 그는 앉은 채로 고개를 들어 발기한 내 성기를 빤다. 누가 문 열고 들어오는 기척에 입에서 뺐다가 다시 문다.

밖으로 나오니 새벽이었고 사람 없이 하얀 가로등만 빛나는 8차선 대로에 혼자 있었다. 맞은편에는 영업 마친 불 꺼진 지에스주유소가 있었다. ㄱ에게 전화를 걸었더니 일을 마쳤다고 했다. 매번 일이 새벽 한시나 두시에 끝난다고 했다. ㄱ은 취해 있었는데 매일 퇴근하면 동료들과 술 마시러 가고 만취해 헤어진다고 했다. 보고 싶다 했더니 시간이 늦었고 자기는 움직일 수 없다고 했다. 내가 가면 되지. ㄱ은 아침에 출근해야 하는데 벌써 지각할 것 같다고 했다. 알겠다고 하고 전화를 끊었다.

14

어떻게 살아야 하지? ㅂ은 유도를 했는데 지금은 회사에 다닌다.

ㅂ형과 술을 마신다. 많이 먹고서 얘기한다. 저는 형이 시키는 거 형이 원하는 거를 다 할 수 있어요. 그가 나에게 바라거나 원하는 게 있을까? 조바심에 얘기한다. 저는 이걸 할 수 있고 저거를 할 수 있어요. 여기부터 저기까지 할 수 있는데 저는 이걸(손 잡거나 볼 부비거나 껴안고 있기) 원합니다. 그런데 형이 저걸(목구멍과 콧구멍에서 거품이 나고 얼굴이 시뻘개지며 숨을 쉬지 못함) 하고 싶다면 그것들도 해요.

부산역에서는 숙소를 나와 걸었다. 역에서 북쪽으로 조금만 올라가면 있다. 일층에 목욕탕이 있는 빨간 벽돌 건물. 이런 건물을 사야지. 안에 들어가면 방마다 사람들이 누워 있고 누구는 누워 있는 사람 위에 올라타 그의 성기를 항문에 삽입하려고 만지작거리며 발기시키고 있다.

302호에 들어가 씻는다. 욕조에 서서 샤워하는데 바닥에 다리 많은 벌레가 차오르는 물에 떠올라 버둥거리고 있었다. 마개를 뽑아 물에 쓸려내려가게 두었다. 씻고 나오니 ㅅ형이 서 있다. 마스크를 내리게 해 뽀뽀했다. 형은 입술이 닿을 때 눈을 감는다. 나는 그의 속눈썹을 본다. 목덜미를 잡고 누르는 대신 손가락으로 머리칼을 쓸어주거나 젖꼭지를 만져주는 것으로 의사를 전달한다. 내 성기는 형의 목구멍 안으로 서서히 밀려들어가고 간신히 숨을 쉴 수 있게만 해준다. 강제로 괴롭히지 않고 이 사람이 스스로 어디까지 버티는지 본다. 형의 목구멍 안쪽은 호흡하느라 가쁘게 열렸다 닫히고 있다.

사람들과 다 할 수 있고 다 해도 되니까 할 필요 없다. 사람들 상상이 보통 수준이어서 그들 바람이 경험 범위 안에 있어서 조급하거나 서두르고 싶은 마음이 없다.

책을 잘 읽었는데 표현을 못했어요. 술자리에서 우리는 헤어지는 중이고 ㄴ형은 사람들이 보지 않는 곳에서 내 손을 잡고 이야기한다. 그는 나보다 체구가 작고 말랐으며 뿔테 안경을 꼈다. 나는 무방비로 안길 준비가 된 작은 체구의 중년 남성을 보면 이 사람과 할 수 있는 일들을 떠올리며 가벼운 흥분을 느낀다.

애초에 사람들한테 바라는 게 뽀뽀나 손잡기, 껴안기 정도의 스킨십이 아니었을까. 내가 너를 좋아하고 호감이 있다는 걸 전달하고 싶은 상태. 이쁨받고 싶고 귀여워해주고 싶고. 그런데 어렸을 때부터 그런 저를 어른들이 이용하기 쉬웠으니까 누군가와 스킨십하고 싶은 욕구를 느낀다면 거기까지가 아니라 더 해야 한다고 학습한 게 아닐까. 손만 잡아도 되었고 껴안고 있기만 해도 되었는데.

광주의 밤, 택시는 빠르게 달려서 백사십을 밟으며 역으로 간다. 예전에는 내가 나를 어쩔 줄 몰라서 나를 해결해달라고 누군가에게 떼쓰듯이 애원했는데 그래서 해결할 수 있다는 느낌만 얻을 수 있다면 시키는 대로 할 수 있었는데 이제는 아니다. 하루에 만났다 헤어지면 할 수 없어도 십 년을 보면 가슴 미어지게 만들 수 있다. 사람 눈에서 눈물 나게 할 수 있다. 나는 십 년 동안 껴안고 싶은 사람을 껴안지 않고 기다릴 수 있다. 안는 것이 의미 없어질 때까지.

어디까지 허락되었는지 모르잖아요. 상무병원 장례식장에서 돌아온 날 나는 지쳐 있다. 몸살 날 것 같아 침대에 누웠는데 어둠 속에서 아얌이가 찹찹찹 물 먹는 소리가 들렸다. 소중하다고 생각하다가 잠이 들었다.

ㅂ형은 나에게 해도 되는 것과 원하지 않는 것을 가르쳐 주었다. 원하지 않는 것은 내가 ㅂ형을 보지 않는 것, 해도 되는 것은 내가 그에게 하고 싶은 전부.

2014년이었던 거 같아요. 보광초등학교 올라가는 언덕길이었는데 술 취한 ㄱ이 오토바이를 넘어뜨리는 걸 힐끔거리다 지나치려 했거든요. 그때 뒤에서 ㄱ이 저를 불렀어요.

성원아 잘 지냈어?

장례식장에서 ㅂ형이 말 걸 때 나는 사람들에게 보여지고 있었다. 2014년 그날 같이 있었던 세 명 중 두 명이 세상에 없다. 나는 내가 오백 살까지 살아 있고 싶어한다는 사실에 죄책감을 느꼈다. 참을 수 없는 일들을 참을 수 없다. 부산 연구실에 앉아 비빔밥을 다 먹어갈 때 ㄷ의 화상 자국을 보면서 그애가 살아온 삶은 모르지만 우리 경험은 연결되어 있구나, 착각했을 때처럼.

15

일요일 저녁이나 밤쯤 되면 통과의례처럼, 살아 있을 자신이 없고 뭔가 잘못하고 있는 것 같다는 착각을 하면서 위축되기 시작한다. 내가 실수로 자살하거나 그만 살아야지 생각당하기 시작하는 이 일시적인 감정을 가지고서 영구적인 훼손이나 손상을 나에게 입혀버릴까봐 그리고 그걸 뛰어넘어서 내가 지속 가능하게 되지 않도록 여기까지가 딱 끝인 걸로 생명을 끊어버릴까봐 자존심이 상했다.

모르는 번호로 전화가 오길래 ㅌ형인가? 하고 받았는데 은아였다. 원래 지혜 집들이에 가기로 한 날인데 며칠 전 가기 어렵다고 할일이 있다고 했었다. 집들이중인데 보여주고 싶은 게 있다고 영통 걸어도 되느냐고 묻길래 어렵다고 했다가 내 휴대폰 카메라를 가리면 되는구나 해서 페이스타임을 받았다. 지혜, 가연, 종산, 은아가 한 화면에서 손을 흔들고 있었다. 가연이는 내게 주려고 하늘색 사탕 목걸이를 만들었다고 오늘은 여기서 나눠먹을 테니 다음에 볼 때 만들어주겠다고 했다. 고양이를 두 마리 기르니까 그애들 것도 만들어준다고 해서 고맙다고 했다. 텔방에는 네트워크 송년회가 오늘이어서 행성인 사무실에 사람들이 하나둘 모인다고 했는데 모인 사람들과 테이블에 깔아놓은 음식 사진을 보니 가고 싶었다. 여기 있으면서 그곳에 있을 방법은 없다. 새벽 다섯시쯤 집에 들어왔다. 그 전에는 ㅊ형이랑 있었다. ㅊ형은 담양에 사는데 두어 달에 한 번 을지로에 들러 약을 타고 집으로 내려간다. 그의 어머니는 혼자 자는 걸 싫어해서 형이 서울에 올라오면 빨리 내려오라고 아침부터 연락한다. 저녁으로는 엄마한테 김밥을 싸줄 거라고 내게 낮에 말했는데 저녁에 김밥 싸드렸는지 물어보니 날이 추워져 팥죽이 드시고 싶다 해서 야생 돌팥으로 끓여주었다고 했다. 가을에 강둑 걸으면서 모아놓았는데 돌팥은 까만색이고 크기는 녹두만한데 향이 진하고 맛있다고 했다.

16

월요일 아침에는 책상을 다 치웠다. 이 방 어딘가에 있는 책, 혹은 차 어딘가에 있는 책, 아니면 사무실 어딘가에 있는 그 한 권을 찾지 못하는 나에게 답답함을 느꼈다. 내가 나인데 내가 나라는 사실이 답답하다면 어쩌죠?

사랑을 못 받아서 그래. 그렇게 자극적인 걸 찾고. 얼마나 몸이 많은 걸 느낄 수 있는데. 내가 도와줄게요. 우리집으로 가요. 집에 가서 자요. 애널은 안 해요? 딥오랄 나도 할 수 있어요.

얼마 전 만난 백발의 키 작은 슬림한 노인이 보고 싶다. 연락처 물어보고 싶었는데 안 그랬다. 만나지 않더라도 물어봐야지. 찜방이나 휴게텔에서 마음에 드는 사람이 나타날 때까지 기다려야 할까? 아무나와 되는대로 박 타는 게 아니고 마음에 드는 사람이 없으면 얌전히 있다 집으로 돌아와야 하나?

사람이 보인다. 나는 이렇게 옷 입은 사람, 자기를 관리한 사람, 자신이 원하는 이미지를 연출할 수 있는 상의나 하의를 어디에서 사야 하는지 무슨 신발을 신어야 어울리는지 알고 있는 사람이 무섭다. 옷을 벗어도 부끄러워하지 않는 사람이 무섭다. 자기 벗은 몸에 부끄러움을 느끼지 않는 사람. 피부를 타인이 손톱으로 긁고 손바닥으로 쓰다듬어도 걸리는 거 없이 매끄럽게 다듬어진 사람.

진실한 사람, 아들 같은 관계, 그런 걸 찾는다는 육십대 남성을 만난다. 그는 자신을 깔끔한 스타일이라고 소개했다. 나를 보는 그의 표정은 굳어 있다.

헤어지면서 인사할 때도 완전히 다가와 안지는 않는 상대의 등을 두드릴 때 겨울 패딩 안에서 그의 단단한 근육을 느낀다.

밤중 닫힌 문앞에 선물로 가져온 술병을 두고 사진을 찍는다. 보는 건 중요한 게 아니야. 보고 싶어서 여기를 다녀갔다는 사실이 중요하지. 불 꺼진 주차장을 지나는데 뒤에서 성원아! 하고 부른다. 나는 만남을 피하고 싶다. 그를 보기 전에 나 자신이라는 문제를 먼저 해결해야 한다. 성원아!는 내게 달려와 반갑게 말을 걸지만 나는 어떤 추위로 표정이 얼어 있다. 무얼 바라는지 확정하지 못하고 머뭇거리면서. 반가운 마음과 연기를 그만두고 싶은 마음. 내가 보고 싶어하는 마음을 상대도 보고 있다는 사실은 알고 있었다. 이건 내가 어쩌지 못하는 마음이니까 감당해야 한다. 그는 나를 응원하고 있다.

일요일에는 파스타를 하려고 마늘을 깠다. 껍질은 수분 없이 메말랐는데 과도로 끝을 잘라내고 껍질을 벗기니 노랗고 통통한 알맹이가 수분을 머금은 채 들어 있었다. 혼자 마늘을 까고 까면서 이런 시간을 자주 만들어야지 생각했다. 일하는 데 많은 에너지를 쓰고 있다. 어떤 관계가 나에게 어울릴까?

형과 목요일 사당에서 보기로 월요일쯤 약속했다. 수요일에는 시간을 정하며 배고프면 밥 먹어도 된다고 했는데 괜찮다 했다. 약속한 목요일에는 집에서 마늘을 깠다.

17

나를 잊지 말아야지. 나는 사람(노콘으로 아무나 더러운 곳에서 섹스함)을 좋아한다. 나는 사람(아무나와 더러운 곳에서 섹스하지 않음)을 안 좋아하고. 욕심내지 말아라=다른 사람 마음 아플 일이면 하지 말고 참아라. 나는 사람 껴안고 있는 걸 좋아했는데 어려서는 껴안고 있으려면 이런 행동도 해야 하고 저런 행동도 해야 한다고 유도된 것 같다. 껴안고 있기만 하면 됐는데. 내가 친밀감을 느끼고 당신을 좋아한다고 표현하도록 학습한 방식이 남들과는 다른 형태여서 고민했구나. 자살하고 싶다는 생각이 유혹적이지만 참았다 죽으면 얼마나 더 맛이 좋을까? 씩씩하게 힘닿는 데까지 살아야지. 살고 싶어도 어차피 죽게 되는데 죽으려고 애쓸 이유가 없네. 누가 보고 싶어서 연락하고 싶을 때 체크하기. 1. 그가 보고 싶어하는 사람은 내가 아님. 2. 그는 잘살고 있다. 3. 내가 밥을 맛있게 먹었거나 잠을 충분히 잤거나 휴식을 취했나? 누군가를 마음대로 하고 싶나요? 나부터 내 마음대로 해보자. 가능하다면요. 원하는 건 힘이 없는데 내가 원한다는 사실을 근거로 마치 상황이 설득될 것처럼. 둘이 있을 때에도 우리는 누군가에게 시청당하고 있다는 감각을 놓지 말아야지. 말이나 마음을 믿는 게 아니고 행동만 믿는다. 사랑한다고 말하면서도 때리거나 아프게 하는 것처럼. 사랑한다고 말하지 않아도 몸으로 돕고 거드는 것처럼. 애쓰는 동안 세상에 애쓸 일은 없다는 사실을 배운다. 밤이 오고 낮이 오듯 기다리면 되는데. 뭐라도 해보려는 조바심을 애쓴다고 하는가보다. 삶은 지속 가능한가? 다른 사람들은 이걸 지속시키는 방법을 알아? 대단하다. 어떻게 살아야 하지? 갖고 싶다고 해서 그게 갖고 싶은 것도 아니라는 사실을 어떻게 견뎌야 하나. 어떻게 살아야 하는지 알고 있었더라면 좋았을 텐데. 이 더하기 오는 사, 라고 말하고 싶은데 칠이 답이라고 세게 생각당할 때처럼. 내 모자람을 알면 그뿐이지 상황이나 사람을 판단하면서 방어하지 말자. 감정을 느끼라고 해서 느끼고 지나갈 필요 없다. 자다가 무거운 게 가슴 위로 떨어지는 듯해 놀라서 깼다. 나를 대단하게 여기지 말자. 나를 그저 고양이 두 마리랑 사는 파주 주민이라고 생각하면 모든 상황이 납득된다. 나를 다른 사람이라고 생각하면 고통받는다. 어떻게 살아야 하는지는 아무도 알지 못한다. 마음이 있으면 마음이 없어질 때까지.

18

나는 누구이고 무슨 말을 해야 하는가. 나를 가리켜 누구라고 말할까. 어떤 사람이고 무슨 일을 하는 사람인가. 어떤 방법으로 살아 있고 살아갈지? 생활을 어떻게 유지할 계획이지? 좋아지는 방향일까 나빠지는 방향일까. 회복하거나 돌이킬 수 있는 방향일까.

산을 다녔다. 2월 중순 한라산을 다녀온 다음부터. 첫 산행을 앞두고 숙소에서 꿈을 꾸었다. 늦잠 자는 나를 기다리다 일행이 먼저 산을 오르는 꿈이었다. 어리목에 도착하니 비가 온다. 산은 천천히 올라간다. 안 쉬어도 되지만 쉬고. 하나도 안 힘들게 다녀온 다음에 산이 생각난다. 올라가는 게 힘든 줄 알았는데 어렵게 올라가서 그런 거였구나. 안 힘들 방법이 있었구나. 눈에 신발이 미끄러진다면 안 미끄러질 방법이 있고. 발이 아프다면 안 아플 방법이 있고. 그럼 저에게도 방법이 있나요.

어떻게 살아야 하는지 답도 없고 모르겠는데 방송에서 진행자가 사소한 고민을 해결해준다. 안녕하세요. 저는 어쩌구저쩌구입니다, 어떻게 할까요? 답이 있어도 그만 없어도 그만인 고민을 들은 뒤, 방법이 있지, 방법이 있어, 말하는 부분을 들으면 내 어떤 문제들이 툭툭 풀려나가는 기분이었다. 방법이 없다고 느끼더라도 보이지 않고 존재하지 않고 그럴 수 있을지 없을지 모르는 상태여도 이 문제들이 풀릴 것처럼.

동네 산에도 가고 지방으로도 가고 새벽에도 가고 밤에

도 간다. 인왕산을 갈까. 북악산을 갈까. 서른여섯에도 어떤 일에는 초보거나 숙맥이라는 데 무서움을 느낀다. 어떤 것엔 전문가면서.

사람들을 기쁘게 해주고 싶으면서도 기쁘게 해주는 일이 피곤했다. 혼자 다니면 기쁘거나 말거나 상관이 없다. 나는 기쁘기 위해 사는 게 아니고 즐거우려고 사는 게 아니다. 하지만 사람들을 기쁘게 해줘야 한다고 느낀다. 그런 게 싫어서 사람들을 보고 싶지 않다. 내가 누군가의 감정을 해결하려고 존재하는 건 아니잖아요. 그런 면에서 내 노력은 쓸모없고 할 필요 없는 것이다. 포클레인 앞에 있어요, 하고 만난 사람은 13년도쯤에 본 거 같다. 같이 둘레길을 한 바퀴 돌고 공원 지나 정상 정자에 다녀왔다.

산을 처음 왜 갔느냐면 숨을 쉬기 어려워서였다. 상처받았다는 생각이 들었다. 하지만 나만 상처받았나요! 타인도 당황스러웠겠죠. 삶을 바라보고 받아들이는 방식의 차이. 그가 나에 대해 놀라거나 경악할 수 있더라도 그 사실에 나도 상처받을 수 있다. 불 꺼둔 방에 누워 있으면 심장이 쿵쿵 뛰어 눈뜬 채 천장을 보았다. 숨이 쉬어지지 않아 잘 수도 없었다. 무작정 밖으로 나가 아파트 계단을 올랐다. 산에 다녀온 날들은 푹 잤다.

심학산에는 약천사라는 절이 있다. 둘레길에서는 커다란 청동불 뒷모습이 보인다. 부처라는 이유만으로 저기 가만히 앉아 있어야 하는구나. 저렇게 앉아 있으라고 만들어두고 사람들은 두 발이나 이동수단으로 돌아다니면서. 부처는 불상으로 만들어가지고. 걷지도 못하게.

19

내가 알아낸 행복의 비결을 적어놓고 싶다. 토요일 약속이 취소되면 토요일이 비어 있는 채로 둔다. 토요일이나 일요일에 할 일을 금요일이나 수요일에 정하지 않는다. 그날 일은 그날 결정하고 오전 일은 오전에 오후 일은 오후에 결정한다. 토요일의 나는 수요일의 내가 아니다. 토요일의 나는 토요일의 나에게 맡긴다.

사실과 판단을 구분하기. '그 사람은 아프다'는 사실일 수 있다. '그 사람은 슬프다'는 판단이다. '나는 슬퍼요'는 상황과 감정에 대한 스스로의 판단이다. 그럼 슬프다는 사실은 어떻게 표현하나? 아프다가 사실이 아니고 판단이면 아픔을 뭐라고 말해야 하지? 나는 내가 아플 수 있다. 그 사람은 자신이 아프다는 걸 알 수 있다. 그가 느끼는 고통이 사실인지 아닌지 외부에서는 판단해야 하지만 고통을 느끼고 있는 사람은 이 아픔이 사실이라고 주장할 수 있다. 슬픔이 외부로 표현된다면 그는 슬퍼하는 게 사실 아닐까. 외부로 표현된 증거가 흐르는 눈물이나 흐느낌, 눈빛, 울부짖음이라면 그것들은 슬픔일까?

머리 위 보이지 않는 그릇에 물을 담고 걸어다닌다. 물을 흘릴 때마다 수명이 줄어든다. 보이지 않으니 타인은 이해할 수 없고 물이 흘러내릴 때 스트레스를 받는다. 미래는 정해져 있다. 그만둬도 되나요? 책임지는 걸 그만해도 되나요? 이 물을 다 흘려도 되나요? 또다른 행복의 비결. 할 수 있는 걸 할 수 있다고 말하라는 요구를 받을 때 할 수 있다고 말하지 않는다. 그럴 수 있을지 없을지 모르겠다, 노력해보겠다, 고민해보겠다, 말하자. 자기는 자기가 불쌍할 수 있지. 고통이 그 사람 몸안에 갇혀 있는 것처럼.

20

어떻게 하면 살 수 있을까? 비명을 질러보세요. 그러면 이 압박감이 잠시 해소되는 착각도 들지만 압력은 거세집니다. 양쪽에서 나를 짓누르는 이 압력을 해소하려고 호소해보세요. 이런 사정이 있고 저런 사정이 있어요. 저는 어떤 사람인데요. 말하다가 당신은 짓눌려 죽었습니다. 양쪽에서 혹은 사방에서 저를 작게 만들어줍니다. 저는 더 작아집니다. 아주 작아지기도 합니다. 장기들을 축소할 수 있습니다. 내장이 이십 킬로그램이었다면 나는 그것이 이십 그램이라고 생각합니다. 사실 그것들은 이십 킬로그램이지만. 나는 이십 그램짜리 사람이다 생각합니다. 혹은 이십 그램짜리 돌이다. 그것은 우리가 돌이라고 부르지 않기로 했어, 성원아. 네가 이십 킬로그램일 때는 바위거나 돌이었지만 이제 너는 모래나 뭐 그런 부스러기가 되었을 거란다. 아닌데요. 저는 이십 그램이 아니고 여전히 이십 킬로그램인데요. 방법은 뭐냐면 저 사람이 나를 더 작게 만들려는 힘과 속도보다 내가 더 빨리 작아지고 더 작아져 완전히 작아져서 나를 저 사람의 힘과 속도로는 작아질 수 없게 만드는 것인데 우리는 그걸 가리켜 아 저 사람이 죽었구나, 합니다. 살아 있을 때는 그를 살리고 싶어해서 그의 죽고 싶어함을 응원합니다. 그는 죽고 싶어하는 방식으로 살아질 거여서 그 순간을 응원합니다. 이제 대가를 치러야 한다. 그는 죽고 싶어하는 방식으로 살아남았다. 그렇기에 그는 죽어야 한다. 좋은 일을 할 필요는 없어. 좋아하는 상황을 만들면 돼. 의미 있어서가 아니고 기분 좋아서 하는 행동들로만 나를 구성해도 돼. 나는 이십 그램짜리니까. 이십 그램을 확대해보면 그 안에도 내장들이 오밀조밀 모여 있다. 하나도 훼손되지 않고. 들여다볼 눈이 없을 뿐이지 이 축소된 예술 세계 안에서 장기들은 온전하다. 기능을 하고 있다. 내가 나를 죽었다고 여길 뿐이다. 장기들은 얼마든지 확대될 수 있고 원래 자리로 돌아갈 수 있다. 착각하지 말고 오백 살이라고 생각하며 세상을 바라보고. 타인에게 시간이 얼마 없다는 사실을 이해하고. 그들이 죽어가고 있다는 사실을 이해하고.

성수동을 지나며 장난감 가게를 보았다. 수목 휴무라 닫혀 있었는데 인형들이 창가에 앉아 내 시선보다 낮은 곳을 응시하고 있었다. 내가 너를 소중하게 생각하지. 너를 보물이라고 생각하지. 그럴 수 있는 시간이나 기억이 있어서 고맙다고 생각하지. 그것은 나를 지금 여기에서 다른 공간으로 데려다놓는 마술 같은 거다. 그 안에서 안정감을 느끼고 있었어요. 친구들을 데려오고 데려왔어요. 소개했어요. 행복해 보였어요. 사람들이 나를 살려주려고 죽게 내버려두었다는 것이 이제 와서 원망스러운가? 그들이 전기신호에 불과했고 아무도 아니었다는 걸 알았어야 했는데. 소중이들이 잠겨 있는 가게 유리창 안에 들어 있고 그들의 이름은 어쩌구나 저쩌구인 것처럼. 그들의 이름을 모른 채로 소중이라고 불러지는 것처럼.

살 수 있는 방법은 있다. 아주 작은 종이를 접기 시작하는 것이다. 그것은 종이학이나 종이비행기인데 거기에 이십 그램이라고 여겨지는 몸을 싣는다. 그것은 이십 그램이라고 여겨지는 나를 끝장내러 날아오른다. 완전히 종이에 불과한, 던져지지 않으면 날 수도 없는. 나에게 진실되게 말해보라고 참되게 말해보라고 듣고 싶은 말을 약속하라고 하지만 아무 말도 할 수 없어요. 네가 너라면 나는 할말이 있지만 네가 나인 걸 알면서 말을 할 수는 없어요. 끝장나기로 되어 있다면 죽을 때까지 기다리는 수밖엔 없어요. 그것을 사람들은 삶이라고 부르기로 했다. 나는 이걸 뭐라고 불러야 할까. 이 행복을 어떻게 삼켜야 할까. 이 날것이 완전히 익어 먹이가 되어가는 걸 보면서.

21

1을 숫자 1로 본다. 원하지 않게 되었어요, 말하며 감동한다. 감동하는 일과 행복해지는 일을 혼동하고 있을까. 감동받고 있나? 내가 말하는 '이제 원하지 않게 되었어요'가 주는 깊은 안심이 나를 편안히 쉬게 해주나요? 원하지 않는다. 무엇을 원하지 않을까. 원해도 소용없고 원해도 일어나지 않는 일을 원하고 싶지 않다. 이제 원해도 되는 이 상황을 선물받더라도 거절할 수 있다. 선물을 주셨네요, 좋은 걸 주시네요, 그런데 받지 않아도 괜찮아요, 말할 수 있게 되었다. 충분하지 않다. 얼마큼이면 충분할까?

얼마큼이면 보고 있는 거, 보았던 장면, 들었던 소리, 느꼈던 거 말할 힘이 생길까? 이건 힘이 충분함에도 말하지 않기로 선택하는 문제. 시간 문제. 지연되는 문제. 일어나기로 한 그 일이 일어나지 않게 유예된 문제. 그 일이 언제 일어날지 막연히 기다리는 문제. 언제 일어나는지 알지 못하면서 기다리게만 되는 문제. 채근하게 되는 문제. 재촉하면서 되었나요? 끝인가요? 시작할까요? 그래도 되나요? 할 수 없는 혼잣말을 하게 되는 문제. 문제라고 생각한다면 행복해졌다고 썼고 행복해졌고 행복한데 몇 년 뒤에 보면 이것은 어떤 감정일까. 행복은 감정일까. 상태일까. 조건인가? 행복은 조건인가? 외로움을 안 느끼나? 사람들과 연결되어 있고 무엇보다 나와 잘 접속돼 있어서? 내가 믿을 만한 보호자로서 나를 돌보고 챙겨준다는 걸 의심하거나 싸울 필요 없어 편안한가? 거짓말을 하면 거짓말은 그럴듯한 사각 틀에 들어간다. 거짓말은 자신을 위해 알맞게 조립된 통에 들어간다. 거짓말이 아니고 내가 뭘 원하는지 알 수 없어 문제다. 원하던 것이 눈앞에 들이밀어지면 깨닫는다. 원하지 않는다. 원하지 않는 원함을 찾아 긴 여정을 떠나기보다 원하지 않는다고 해야 쉴 수 있다. 고단한 몸, 피로한 몸, 걸은 몸, 걸어진 몸, 올라가야 하는 몸, 땀 흘리는 몸, 여름인 몸. 나를 인간으로 만들어주는 이 감정을 해결하고 싶지 않다. 화나지 않고 슬프지 않고 괴롭지 않고 이쪽을 보다가 저쪽으로 고개를 돌릴 수 있다. 두 발을 움직여 이 자리를 떠나게 할 수 있고 말하고 있는 저 목소리를 듣지 않을 수 있다. 어떻게 살아야 하지 묻는 대신 이제는 어떻게 살아야 하는지 알고 있다고 말한다. 사과를 원하면 사과를 주고 배를 원하면 배를 주는 세상에서 소원하던 것을 쥐고서 원하는 게 이게 아닌 거 같다고 말하는 일이 행복이구나. 원했지만 원함이 이뤄지는 순간은 부정해야 원함이 이뤄지니까? 그렇다면 나는 꿈에 대해 쓰겠다. 꿈에서 있었던 일, 현실이 아닌 일에 대해 쓰겠다. 현실이 아니었던 꿈에 대해 쓰겠다. 옥상에서 태닝하는데 남은 사람은 다 게이예요. 저번엔 셋이 했어요. 하얀 통근남과 세미 근육남과 슬근남이 했어요. 배 나온 사람이 헉헉거리며 계단을 오르내렸어요. 그의 얼굴에 오줌을 싸주었어요. 오줌을 저 사람이 먹었어요. 목구멍 끝까지 밀어넣어진 이 수저를 삼키려고 이건 금속이고 먹을 수 없고 기다려서 더 통과할 수 없는데 끝까지 집어넣고 침을 삼키며 목구멍을 조였어요. 그때는 겨울이었는데요. 하기 싫으면 하지 말라 그랬는데 뽀뽀를 해줬어요. 가지 말라 그러면서 해줬어요. 기억하지 못하면 무슨 의미가 있어. 기억하면 무슨 의미가 있고. 되풀이할 수 없는데. 약속하고 싶다. 술 먹고 싶다고. 만나자고 보자고. 기다린다고. 오래오래 기다린다고. 늘 더 가능하다고 하면서 고작 뽀뽀나 하려고.

다른 사람하고는 별짓도 다 하는데 겨우 너랑은 뽀뽀나 포옹하고 곁에 누워 있으려고. 기대고 숨쉬고 더는 눌려 밀려들어가지 않게 닿아 있는 허벅지를 느끼려고 그런 걸 하려고 꿈까지 꾸고 꿈속으로 들어가고 대구와 안산을 헤맸네. 내가 더 원한 것은 논현에 있는데. 거긴 남자들이 많이 있었는데 오래전부터 꿈꾸었던 사람들이 그대로 나이들어 할아버지가 되었고 나는 그들에게 수고했어, 고마워, 소리를 들으며 사정당하고 엎드려 있다. 거기 화장실이잖아요. 사람 있나요? 오랄 잘하는 노인 없나요? 할아버지 없나요? 제가 꾸고 있는 꿈인데 중간에 끼어들지 마세요. 제가 꾸기로 했잖아요. 제 꿈이잖아요. 장면을 준비해주시면 저도 꿀 수 있어요, 그 꿈. 그래서 겨울에 술을 사러 갔잖아요. 마스크 쓰고요. 얼마나 좋아하는지 모르죠. 알 수가 없지. 알면 볼 수가 없을 거야. 그래서 엉거주춤 서 있으면 살살 빨아준다. 내가 꿈에서 깰까봐. 그러다가는 또 일요일이고 신음소리를 듣고 어두운 곳으로 더듬더듬 가는데 사람들이 세 명 네 명 싸고 간 자리에 바텀이 엎드려 있다. 바텀은 내게 삼겹살을 사주려 한다. 너 잘 먹을 거 같아. 소주도 한잔 하고 싶고. 어디 가야 돼? 저녁에? 약속이 있어서요. 어딘데? 부평요. 형 어디야? 뭐하고 있어? 응, 집에서 자고 있었지. 가려고 출발해. 만나지 말까? 약속이 취소될까? 이 사람이랑 삼겹살 먹고 싶은데 삼겹살 바텀은 뒤를 씻고 컴컴한 통로로 들어간다. 전화번호도 안 물어보고 마음에 드는 이 사람을 한번 더 볼 생각을 못하고. 개구기예요. 이거를 끼면 침이 흐르고. 노즈 후크도 있는데. 복면 써볼까요? 키 큰 긴 머리 오토바이맨은 알몸으로 샤워장에 간다. 그의 등은 역삼각형으로 발달해 있다. 침이 질질 흐르는 거, 인간 이하로 취급되는 게 좋다고 한다. 눈물 콧물이 뒤범벅되어 흐르는 게 좋다고 한다. 잘 만들어진 얼굴이 시뻘개지는 거, 목구멍 깊이 쑤셔져서 토해지는 거, 위액으로 얼굴이 엉망되는 거, 머리카락이 침과 토사물로 끈적해지는 거. 그러다 코가 불알로 부벼지는 게 수치스럽고 좋다고 한다. 말을 해주면 좋겠어요. 야한 말, 흥분되는 말, 수치심 주는 말. 내가 자꾸 생각난다고 말하는 사람의 항문에는 주먹을 넣어본다. 손가락을 네 개까지 받는 이 사람은 겁이 나서 주먹 전부는 넣지 못하겠다고 한다. 나는 주먹 전체를 넣게 해주고 그걸 진공팩처럼 조이고 감싸주었던 인천이 그립다. 인천은 다 가능했는데 그가 보고 싶어지면 어떡하지? 콩나물국밥이나 같이 피우던 담배나 데워먹었던 빵보다 이런 주먹이 그리워지면요. 내가 나인 채로 앉아 있을 때 머릿속으로 생각한다. 사람들 몰래 보이지 않게 잡았던 손 때문에 내가 무엇까지 했는지 모르는 이 사람과 할 수 있는 일들을.

22

사람을 보고 나면 갈증을 느낀다. 무엇에 대한? 친해지고 싶은 게 나만이 아니고 상대도 동일한 수준으로 나와 친해지고 싶다는 욕망을 가져야 한다. 이 마음은 성욕과 다르다. 성욕이 갈 수 있는 곳은 한계가 있다. 뭘 얼마나 더 하면 이 경험이 할 만해질까? 구멍이 얼마나 더 조이거나 벌어지거나 숨을 참거나 구토하거나 얻어맞거나 망가져야 하나? 더럽혀지거나 버려지거나 인간 이하가 되거나 욕설을 듣거나 촬영당하거나 짓밟혀야 하나? 그러면서도 손을 잡고 있다거나 이 사람이 원하는 걸 열심히 수행해 줘? 월요일에는 소중이를 봤다. 저녁을 먹었다. 파주에서 광역버스 타고 논현역에 내렸다. 숯불닭갈비집에 갔는데 경상도 주인 여자가 땡철이를 이뻐했다. 계란찜을 주는데 다른 사람은 작은 뚝배기에 주면 우리는 큰 뚝배기에 주면서 너라서 큰 그릇에 준다고 말했다. 사이다도 서비스로 주었다. 땡철이가 이쁨받고 귀여움받고 사랑받는 모습을 보면 가슴이 행복해지고 미어진다. 고양이 볼끼나 아얌이가 불안해하거나 근심 없이 아무것으로부터 방어할 필요 없이 살아가고 있다고 깨달을 때처럼. 땡철이 집에 와서는 영화를 보았다. 〈RRR〉을 한 시간 정도 봤는데 재미없고 졸려서 〈퍼펙트 케어〉를 다시 보자고 했다. 영화를 보고 잤다. 땡철이가 바닥에 이불을 겹겹이 깔고 껴안고 잘 수 있는 베개도 놔두더니 자기는 바닥에서 잘 거고 나보고 침대에서 자라고 했다. 자기가 아이템을 바닥에 세팅해두었다는 거였다. 나는 바닥이 좋다고 하고 거기 누워서 잤다. 그러자 긴 베개는 자기가 가져가겠다고 하더니 다른 껴안을 것을 주었다. 하늘색 물개 모양 쿠션이었다. 바닥은 푹신하고 편안했다. 아침에는 나오기 전에 잠든 땡철이한테 뽀뽀하고 볼을 매만졌는데 한때는 마르고 조그마했던 이 애가 이젠 통통하게 살이 올랐다는 사실이 소중했다. 어제 일은 가슴이 아팠다. 내가 사람을 언제든지 좋아할 수 있다는 걸 느껴서다. 성욕이 아니다. 이 욕구와 오래 싸워왔다. 저 사람에게 느끼는 호감, 친해지고 싶은 마음을 성욕과 혼동해왔다. 그것은 나를 괴롭게 만들었다. 친해지거나 어울리거나 발전할 수 있었던 관계를 포기하고 검열했다. 그러길 바란다면 호모들에게 내가 원해지는 상황을 만들 수 있다. 토요일에도 그랬다. 토요일에는 ㅎ에서 어두운 방에 완전히 들어가 있었다. 이날 있었던 일들은 매번 해왔던 일들이다. 나는 이런 것도(바텀 한 명이 탑 여러 명에게 노콘 안싸당하는 걸 구경하며 그 바텀과 손을 잡고 있거나 키스하면서 애정을 표현하다가 정액으로 미끌거리는 애널에 나도 노콘 안싸하기) 원하지만 다른 것도(어떤 사람이 근심 없이 행복하게 사회적으로 옷 입은 사람들에게 그들의 성욕을 해결해주는 것과 상관없이 사랑받는 걸 구경하기) 원한다. 그 다른 것을 원하는 게 나한테는 더 어렵고 쉽지 않은 일이다. 노콘 안싸를 원하는 호모들은 많고 그들은 언제든 만날 수 있다. 하지만 그 사람이 무슨 삶을 살고 어떤 상황에 있는지 맥락으로 초대되기는 어렵다. 그런 개인적인 역사에 대한 이해와 상관없이 그도 나를 거부하거나 불편해하지 않고 시간을 내어주는 기회에 있기도 만만치 않게 어렵다. 일어나기를 기대하지도 않고. 우리가 손을 잡거나 껴안는다 해서 그것이 네 항문에 성기를 넣고 사정하고 싶다거나 내가 입으로 혹은 네가 입으로 서로 성기를 빨아주면 좋겠다는 의미가 아니라는 사실을 아는 사람과 만날 때 가슴이 아프다. 성적인 활발함에 대한 불편한 감정, 가치관 문제, 이런 검열을 거치지 않고 내가 너를 껴안는 것은 너를 껴안고 싶어서라는 투명한 사실, 내가 너로 하여금 나를 껴안게 해주는 건 다른 육체적 관계를 허락한다는 의미가 아니고 내가 너를 좋아한다는 걸 적극적으로 표현하는 행위임을 아는 사람, 이런 사람과 만나고 헤어지면 마음이 아프다. 높은 확률로 나는 그들과 껴안지 않고 헤어졌을 거고 그 익숙한 체념이 여전하다는 사실을 확인했을 테니까. 그렇다면 우리가 껴안을 가능성을 다시 경험하려면요. 얼마가 걸려야 할까. 기대도 희망도 할 수 없다. 왜 껴안아야 하지? 왜 손을 잡거나 잡혀주거나 뽀뽀까지 해야 하지? 그 친밀함이 불쾌한 경험이 아니고 강압이나 속임수로 얻는 보상이 아니려면 어떻게 해야 하지? 애정을 표현하는 언어인 스킨십과 몇 사람째 어두운 방에서 신음 내며 박히고 있는 바텀의 땀 흘리는 눈썹과 눈가에 하는 입맞춤, 이런 게 어떤 차이가 있을까. 나는 감정이나 상황을 전달하고 싶어한다. 나라는 사람의 경험과 역사를 한 번의 손길이나 눈빛, 포옹으로 전달하고 싶어한다. 당신을 통해 다치면 다쳤지 당신을 해칠 의사가 없는 무방비의 상태, 상처받기로 준비되었고 그걸 기대한다는 사실을 들키지 않으려면, 일어나지 않은 사건을 체념하는 것 말고 무얼 할 수 있을지?

23

감당할 수 없는 슬픔 말고 감당하기 버거운 기쁨과 행복에 대해 말하고 싶다. 소중이가 말랑이 복숭아가 먹고 싶어서 말랑이를 샀는데 딱딱하다고 상온에 두면 말랑해지냐고 물어본 거 생각하면 가슴 미어진다. 얼마 전에는 저녁에 집에서 냉동 닭갈비를 꺼내 데워 먹었다고 밥상 차린 사진을 보내주었는데 갓김치랑 파김치, 햇반이랑 닭갈비가 보이고 락앤락 통에 든 김이 있었다. 그 김이 소중하고 가슴 미어졌다.

24

 가기 전까지 가고 싶지 않았고 전날에도 가고 싶지 않았고 아침에 가는 동안도 후회했다. 약속했다면 말을 번복하고 싶고 그래도 될 거 같았다. 내가 가는 것은 중요하지 않고 열 명이 오기로 했다면 그중 아홉 명이 모이게 된 정도의 일일 뿐이다, 생각해서. 산자락이 보이는 길에 접어들면서 올가을 제대로 보지 못한 단풍이 산중턱과 허리 아래에 남아 있는 걸 보았고 커다란 나무 사이로…… 접이식 테이블을 펼쳐 걸레로 흙을 닦고 물에 빨고 닦고…… 의자를 두고 자리를 세팅하고 사람들이 오고 물에 삶은 돼지고기를 먹고 배추를 먹고 상추를 먹고 고추를 먹고 과일을 먹고 기름을 부어 밀가루 묻혀 튀겨낸 뭔가를 먹고 막걸리를 먹고 김치를 먹고 고등어 통조림을 넣은 배춧국을 먹고 커피를 먹고 빼빼로를 먹고. 다들 가시네요. 한 명씩 가고 나는 모닥불 앞에 남아 있다. 이 불을 얼마나 좋아하는지. 아무도 나만큼 모닥불을 좋아할 수 없을 것이며 아무도 내가 이만큼 모닥불 앞에 앉아 나무 타들어가는 소리 듣는 걸 좋아한다는 사실을 모를 것이다. 열심히 움직여 일하더라도 공허할 수 있다. 그게 나만의 것일 때, 내게 고립되어 있을 때는. 이날은 그가 나를 지켜보고 있었다. 술 마시는 거 좋아하거든요. 그리고 불 앞에서 마시고 싶었거든요. 완전히요. 밤이 다가와 어두워지고 날이 저물어버렸고 해는 멀리 집에 갔고 사람들도 갔다. 나도 헤어져야 한다. 언제 볼 수 있지? 얼마가 지나야 이 불 앞에 앉아 있을 수 있지? 언제쯤? 나는 얼마나 나 아닌 것들로 이루어져 있어야 할까. 한때 나였고 지금의 나를 이루는 사건들도 이렇게 버거운데. 토요일에는 어떤 사람을 보았다. 그는 청소부였는데 사람들은 그를 청소부를 뛰어넘는 뭔가로 보고 싶어 한다. 그가 청소부라는 사실을 견디기 어려워하는 것이다. 나는 그가 청소부라는 사실이 좋았다. 내가 살아 있다는 사실이 좋았다.

25

여러 생각을 한다. 나에 대해서 상황에 대해서 마음에 대해서 생각에 대해서. 멈출 방법이 있다. 그것들은 목마른 사람이 갈증을 잊듯 목마름이 해결되지 않았지만 물에 대한 갈망이 없어지듯이 갑자기 나타난다. 목마르지만 물이 내게 필요하다는 사실을 잊는다. 그건 목마름이었을까. 물이 필요하다는 인과의 고리였을까. 목이 마르거나 물이 필요한 게 아니고 징후나 증상일 뿐이었을까? 잘 속았다는 생각도 든다. 속지 않는 것 말고는 방법이 없잖아요. 괴로울 때는 속지 못할 때였다. 속 편하게 마음 편하게 몸 편하게 자고 싶었고 잘 수 있었다. 사랑하지 않아도 좋아한다고 말하고 사랑한다고 말한다. 좋지 않아도 좋다고 말하고 듣고 싶어하는 말을 해준다. 최근 깨달은 행복의 비결. 죽었다고 생각하기. 그러면 괜찮다. 뭘 견딜 수 없다 느껴 힘들다고 그만이라고 생각해서 그만두려고 마음먹은 다음에 그걸 시도했고 성공했다고 생각하기. 그런데도 세상이 안 끝나 있다고 생각하기. 그러고서도 거듭 죽었고 또 죽었고 살해했는데 이 상태에서 벗어날 수 없기. 이렇게 쓰면 나쁜 일 같지만 원하고 바라는 걸 풀었다고 생각하면 평온해진다. 죽은 사람은 변명할 수 없고 설득할 수 없고 사람들 마음이 기우는 걸 바라보거나 거기에서 놓여날 뿐이다. 바라는 건 검은색으로 이 벽을 칠하기인데 언젠가 이 벽을 검게 칠해야지 마음만 먹는 것처럼. 이 하얀 칠도 지워보면 그 안에 다른 색이 있다. 여러 사람이 칠하고 지나간 것이다. 검은색을 칠하고 싶지 않다. 이것은 최종 색이니까. 검은색은 나중에 칠해야 한다. 검은색을 저는 좋아하나요? 검은색을 떠올리면 무슨 생각이 들지. 내게는 검정으로 보이는 이 검은색이 검은색이 아닌 걸 생각한다. 칠해진 적 없는 벽인 걸 생각한다. 검은색이 발을 동동 구르는 밤을 생각한다. 안아지지 않는 벽을 휘어지지 않는 넓은 벽을 딱딱하기만 한 이 벽을. 내가 좋아하는 건 오로지 남자들뿐이다. 고추가 있고 정액이 나오고 그런. 그들과 섹스를 할 것이 아니더라도 그 가능성과 갈망이 내게는 있어야만 한다. 이제는 남자들과 인간적인 관계를 맺어가나? 친밀감, 친근감, 호감을 표현하는 사회적 언어를 익혀가고 있나? 원하는 건 고추 빨기나 항문섹스가 아니고요. 껴안거나 손잡거나 당신에게 잘해주고 싶다고 생각하는 마음이 온전히 전달되는 거예요, 이렇게 말하는 순간에도 나는 발기해 있다. 당신에게 성욕을 느끼는 게 아니고요, 원래 제가 이런 경험을 자주 하는 사람이라서요, 변명하더라도 성욕을 느끼고 있다. 나는 남자에게 완전히 성욕을 느낀다.

26

사랑은 좋아하고 예뻐하는 마음이 아니고 감정에 압도되는 게 아니고 누군가를 미워하고 어려워하는 나 자신을 견디는 일이다. 문을 열고 들어가면 그 친구가 있다. 그 친구가 있는 걸 알아. 그럼 모른 척해야지. 밥도 먹고 싶고 악수도 하고 싶지만 그가 말을 걸 때까지 기다린다. 말을 걸더라도 말이 말인 것을 생각한다. 문을 열기 전부터 그 친구가 있을 것을 안다. 밥 먹을 때 나를 쳐다보는 사람이 있다. 내가 혼자 먹는 모습을 놓치지 않고 그는 쳐다본다. 내가 생선 발라내는 모습을 그는 지켜보고 있다.

27

하고 싶은 것이 열 가지라면 그 하나를 하기 위해 구백구십구 번 하고 싶은 것을 하지 않아야 한다. 내가 행복해진 이 비결을 어디에도 말하지 않을 것이다. 이게 엄청나게 큰 비밀이라고 생각했다. 아무에게도 쓸모없을 비밀. 늘 노출되어 있는 벽이나 튀어나와 있는 돌 같은 그런 비밀. 무엇이 할 수 없음을, 고립감을, 하고 싶음을 완화하고 지연해도 좋다고 안심시켜주는지 정확하게 파악하지 못하고 있다. 다만 욕구들이 개별로 고립된 게 아니고 서로 연결되어 동시에 자극받고 한꺼번에 일어남을 배운다. 사람은 매일 새롭게 만나는 거고 한 번밖에 만날 수 없다는 사실을 명심하자. 우리는 어제도 만났고 내일도 만나지만 늘 처음 만난다. 오늘이 마지막으로 만나는 날이다. 소망하는 것이 이루어지는 게 아니라 이루어질 일이 이루어진다는 사실을 기억하자. 쓰는 걸 기다리는 게 아니고 기다리면서 써야 한다.

28

산을 걸을 때는 여기서 굴러떨어지는 상상을 한다. 방심하지 않아도 의도하지 않아도 언제든 절벽으로 떨어질 수 있다. 그렇게 되면 나뭇가지에 얼굴이나 눈이 찢기고 뼈가 부러진다. 사람은 단단한 껍데기도 없이 쉽게 다칠 몸으로 길게는 백 년 가까이를 기대하며 몇십 년을 사는구나. 누구라도 마음을 먹으면 피부를 불태워 화상을 입히고 살갗을 찢어 피를 내고 뼈를 부러뜨릴 수 있도록 연약한데 사회가 만들어놓은 약속 안에서 어느 정도 안전하다 믿으며 사는구나. 하고 싶은 행동을 하고 싶은 게 아니라 단지 뭔가를 원하기만 한다는 걸 이해하고 있다. 긴 시간 앞에 서 있지만 오늘의 나는 살아가야 하는 나에게 재촉하고 요구할 뿐이다. 때는 오지 않았고 겪어야 하니까 어떻게 진행되어야 하는지 알지 못한다. 오늘의 나, 지금의 나는 그런 불확실성을 견디지 말라고 한다. 눈앞의 확실한 이것을 쥐고 만지고 안아보라고 속삭인다. 내 행동은 이십사 시간

촬영되고 있고 속마음은 남들에게 음성으로 들리고 있다고 생각하며 살지 않으면 자제할 수 없다. 일어날 일들이 일어나지 않았으면 하고 바라더라도 그 일들을 다 겪어야 한다.

29

 사람들 옷을 유심히 본다. 얼룩이 묻으면 곤란한 소재나 색깔의 옷을 입고 다니는 사람들. 팔다리, 가슴, 등이 어디에 접촉하거나 닿는지 신경써야 하는 옷들. 옷이 맨살을 보호하고 가리는 도구가 아니라 의사표현 수단인 사람들. 나는 이런 사람이다, 나에 대해 어떤 준비를 하고 있다, 보여주는 장면을 생각한다. 오천 원짜리 티셔츠를 입더라도 일정을 소화하며 얼룩이 묻지 않게 행동할 수 있는 사람. 밖에서 밥을 먹을 수 있다고 생각했는데 밖에서 먹을 수 있는 건 밥이 아니라는 사실을 느끼고 있다. 나만 빼고 모두가 밖에서 먹고 있는 건 밥이 아니었고 식사가 아니고 대화하는 방식이었다는 걸. 밖에서 누군가와 밥을 먹을 때는 이 사람이 '먹는지' 아니면 이 음식의 의미를 이해하고 있는지 본다. 집에서 외출하면 그때부터 산에 있다고 생각한다. 화장실이 없는 세상이라고 생각한다. 소변은 급

한 대로 해결할 수 있지만 대변을 보려면 멀리 바위틈이나 나무 사이로 가서 해결해야 한다. 그런 세상에서 일행이 있다면? 식사할 수 없을 것이다. 밥을 먹으려면 집으로 돌아오거나 확실히 혼자여야 하고 볼일을 볼 수 있는 것도 그때부터다. 그런데 이런 걸 전혀 이해하지 못하고 관심 없다고 생각하면서 살았다. 밖에서 밥을 먹어도 되고 똥을 싸도 된다고 생각했다. 더 깨달은 사람들은 그런 나를 보고 있었다. 먹고 싶은 음식을 참으려 하면 힘이 든다. 그러나 저걸 먹으면 똥을 싸야 한다고 생각하면 참을 수 있다. 다섯 시간, 일곱 시간 동안 화장실에 갈 수 없다고 생각하면 더 먹을 수 있는 음식에서 손을 뗄 수 있다.

30

12들은 12해야 한다. 말할 수 없고 생각을 전달할 수 없다면 12하다. 123이라고 생각했다. 123이 의심하고 집착하거나 부정적이지 않으면 그는 1이 되어준다. 12에 가면 1234에 가야 한다. 123이어도 된다. 123456여도 된다. 1에 들어가면 된다. 그 1에 들어가면 1234가 1에 걸려 있다. 가본 12들은 그 1이 어디인지 알고 있다. 있을 수 있다면 1을 12지 않아도 된다. 들어가서 1을 1고 12 있으면 된다. 1을 얼마나 1고 싶어하는지 검은 123쿠키에 대고 말하고 싶다. 그렇게 좋아하는 것도 아닌 검은 쿠키. 그렇게 좋아하는 것도 아닌 달콤한 크림이 어떤 색깔로 필요한지 설명하고 싶다. 그 크림은 12색이거나 12색이다. 어쩌면 12색일 수도 있다. 어떤 것이든 그것이 크림이면 우리는 그것이 크림인 걸 안다. 당신이 우리와 있다면 당신은 그 크림과 쿠키를 한눈에 알아볼 수 있다. 그 쿠키는 늘 123에 들어 있던 깨끗하고 완전한 12이다. 1을 하고 싶은 건지도 모른다. 12하는 시간이 12 있는 동안 필요하다. 12에는 12에 12도 좋잖아요. 1이면 12이면 12해지니까요. 1월 1부터는 12라는데. 검은 123쿠키에 12 크림이 부족하면 먹고 싶지 않다. 12 크림을 다 긁어냈거나 바르기 전인 검은 과자는 먹고 싶지 않다. 검은 과자는 검은 과자인 채로 오는데 그걸 지나치거나 거기에 12을 바를 수 있다. 이걸 12에 12도 된다. 이전에는 1을 얼마나 좋아하는지 어떤 순간에 1을 1고 싶어하는지 이야기했다. 들으려 한 적 없는 사람에게도 1을 얼마나 좋아하고 어떤 순간에 12고 싶어하는지 이야기할 순간을 기다린다. 12만으로 12할 수 있다. 나는 1234인데 세상에서 12색을 아예 없애버렸다. 사람들은 12색을 발음할 수 없어서 12색을 다르게 말해야 한다. 나는 1 12는 걸 좋아한다. 1 12는 생각을 12 한다. 1을 12면 기분이 얼마나 좋아지는지 생각한다. 원하는 만큼 12게 되었을 때 기분이 얼마나 좋은지 생각한다. 1을 적당히 12고 그렇게 원하지 않는 사람이 1에 적당히 1해 있는 걸 보면서 불쾌해하지 않을 방법을 알고 싶다. 저 사람은 1을 원하지 않았으면서 1하는 걸 원하지 않았으면서 1을 12다. 나는 12를 표현하지 않고 고개를 돌려 잊어버린다. 원하는 방식으로 1을 12지 않는 사람들이 대부분 12이고 그들이 1을 사랑한다고 표현하는 걸 본다. 1을 정말로 사랑하고 좋아하는 건 나밖에 없어. 나는 1을 12기 위해 1년도 더 기다릴 수 있다. 나는 단 한 번 1을 12기 위해서 좋아하는 1을 1기 위해서. 1년 1년 12 년 1년도 기다릴 수 있다. 나는 12기 위해서 1을 참는다. 1을 늘 1을 수 있었던 사람들이 1에 1를 담그고 123에 적시고 12지도 않고 1을 놀리면서, 나는 1을 이겨냈다고, 나는 1에 강하다고 떠드는 걸 본다. 그 123을 내가 눌러가지고 1을 쉴 수 없을 정도로 12로 눌러버려서 그것이 뜨거워서 우리가 1을 잡지 못하고 얼른 놓아야 할 정도로 본능적으로 두려워해야 할 정도로 뜨거워서 1을 데어서 그걸 잡기 전과 후가 같지 않도록 다쳐서 부상 입어서 상처나서 후회해야 할 정도로 1해서 망해서 12이 안 나서 난처하도록 12해도 소용없고 12하지 못해도 상관없는 1 개의 12 사이에서 123를 12하려고 노력한다. 1해져서 12할 수 없는 눈앞의 풍경을 12하려고 노력한다. 저는 1을 좋아하는데요. 그것은 이 1이 시키는 대로 할 수 있다는 뜻이거든요. 그걸 두려워해서 1을 피하고 12지 않고 괜찮습니다, 하는 행동을 오늘은 하지 않는다. 1에 가고 싶었는데 1에 가는 사람이 나밖에 없어서 울면서 1에 갔다. 1에 가고 싶었는데 1에 갈 수 있는 사람이 나밖에 없어서 새로 산 123를 집에서 혼자 입어보았다. 123 위에 새로운 123를 1고 밖으로 나갔다. 1으로 가지 못하고 집으로 돌아와 123를 벗었다. 하얀 123를 벗으면 하얀 123가 있었다. 검은 쿠키가 먹고 싶지 않아 쿠키에게 말했다. 너에게 12 크림이 발라져 있어야 해. 12 크림을 바르고 와야 해. 검은 쿠키는 12 크림을 바르고 돌아왔지만 검은 쿠키를 먹고 싶지 않았다. 12 쿠키가 먹고 싶었고 검은 쿠키에게 그 사실을 말할 수 없었다. 검은 쿠키에게 말했다 네가 12 속에 들어가는 걸 보고 싶어. 12 12에 푹 담겨서 단단했던 몸이 부드러워지는 걸 겪고 싶어. 검은 쿠키 12 크림을 바른 검은 쿠키는 12 12 속에 몸을 담근다. 검은 쿠키는 12 12에 젖어서 몸이 부드러워졌지만 이제는 진짜 12 쿠키를 먹고 싶다고 말할 결심을 한다.

31

평일 오전 올림픽대로를 서행하며 가는데 전방 먼 하늘에 연기가 보였다. 흩어져가는 검은 구름 같은 연기였다.

불이 났나봐요. 옆에 대고 말한다. 연기가 피어오른 쪽으로 더 운전해 다가갔을 때 연기는 완전히 까맣고 단단하게 뭉쳐 있는 팔의 근육처럼 보인다. 불이 크게 났네. 지금은 대수롭지 않게 말하지만 잠시 뒤에 저 불이 나와 관련있고 돌이킬 수 없는 사건이어서 삶이 달라지게 되는 상상을 한다. 목적지가 불타고 있거나 가까운 누군가에게 벌어진 비극인데 남일처럼 불이 났구나, 불났나봐요, 말하는 장면을. 그걸 심드렁하다 말하는 것을, 이 지루한 정체중인 도로의 유일한 흥밋거리이자 오락인 것처럼 불을 생각한다. 혼자였더라면 속으로 생각했을 텐데 듣는 귀가 있어서 소리내어 말하는구나. 세상에 혼자 남게 되는 생각을 한다. 밤 열한시 삼십분에 모르는 번호로 부재중전화가 와도 무시하지 않고 걸어 목소리를 기어이 듣는 나를. 성원아, 어디 갔어, 왔었다며. 모르는 사람을 오해해서 미워하고 오해가 아닌 사실이더라도 미워할 이유가 없는 공간을 생각한다. 하나의 이유로 너의 얼굴을 똑바로 바라볼 수 없지만 그 이유로 눈을 마주해야 하는 시간을. 그 공간에서는 시간이 빠르게 흘러서 걸음을 한번 떼면 오백 년이 지나갈 수도 있다. 없었던 일을 있었던 일처럼 쓰고 싶어서 거짓말을 하고 소설을 쓰는구나. 있는 걸 경험한 걸 쓰는 것밖에 못하면 없는 건 없는 일이고 없었던 일은 일어나지 않은 일이니까. 겪지 않은 장소에 가서 만나지 않은 사람의 얼굴을 보고 서 있고 싶어서. 그의 손을 잡고 있으려고. 걷고 싶어서. 같이 걸을까요? 거기? 했던 그곳에 둘이 가려고.

32

월요일 ㅇ 집에 갔다. 바닥에 눕혀놓고 목구멍에 자지를 넣은 채 목구멍 끝부분에 귀두가 닿을 때마다 천천히 조여졌다가 벌어지는 근육을 느끼다 입에 쌌다. 싸기 전에는 먹어주면 좋겠다고 했는데 막상 ㅇ이 안 뱉고 입에 머금고 있으니 얼른 뱉으라고 말하게 되었다. ㅇ은 안 뱉고 삼켰다. 나는 이런 걸 먹이거나 먹게 되고 그러다 관계가 불편해질까 경계하고 있었다. ㅁ한테 갔다. 방수 시트를 깔아둔 침대에서 허벅지로 ㅁ의 머리통을 감쌌다. ㅁ의 코에서 콧물이 부풀었다. 목구멍에서 토사물이 흘러 허벅지가 뜨끈하고 미끌거렸다. 이수역에서 ㅅ과 술을 먹고 아침까지 그의 집에서 잤다. 호모들 약속을 취소하고 가지 않았다.

33

나를 지치게 한다. 여러 번 시도해보지만 잘되지 않는

다. 이걸 반복해서 겪느니 이 상황과 몸에 익숙해지라고 말한다. 그게 편하고 익숙한 길이다. 자극을 줄인다. 자극을 좋아하는 것과 행동이나 상황을 좋아한다고 착각하는 걸 구별한다. 선택지를 단순하게 만들고 반복한다. 중독된 자극을 버리는 일은 더 큰 자극과 만나려는 약속이 아니다. 자극과의 이별을 의미한다. 물에 빠진 사람은 세상에서 제일 무서운 사람이다. 구조자가 수영에 능숙하더라도 높은 확률로 두 사람은 죽을 수 있다. 익수자를 구하려면 물 밖에서 그가 잡을 수 있는 밧줄이나 구명용품을 던져주어야 한다. 그런 게 없다면 익수자가 기절할 때까지 기다려야 한다. 기절한 다음에야 물에서 안전하게 건질 수 있다. 구조자는 익수자가 살 수 있도록 도와주려고 한다. 하면 안 되는 일과 해야 하는 일을 정하고 거기에는 좋고 싫음이라는 판단이 끼어들 수 없다고 가르쳐주려 한다. 글을 쓸 때는 감정이 동력이 되니까 사실이 아니더라도 강조할 만하다고 느낀다. 그것이 자극이다. 먹기 힘든 식재료에 붓는 양념이다. 내가 먹어야 하는 것의 본질을 가려주고 그걸 삼키도록 도와준다. 나는 이 덩어리를 매번 삼켰지만 한 번도 이 덩어리의 맛을 느껴본 적 없다. 죽지 않고 살아 있으면서 그가 더는 바라지 않을 때까지. 언제나 있고 늘 존재할 여기를 다녀가라고 나를 안심시키는 음성 속에서 그곳으로 걸어가야 하는 나의 몸이 기절해 있기를 바랄 뿐이다. 다른 사람들도 자신이 반복해서 돌아가려 하는 그 장소와 갈등하고 있다. 그곳으로 가지 않으려고 나름의 방법과 노력으로 상대하고 있다. 의도를 의식하고 사람들을 본다. 오늘 물에 뛰어들 수 있으면 내일로 미루며 살아야지. 내일 물에 뛰어들 수 있으면 뛰어들지 않고 그다음 날로 가야지.

34

약속을 안 한다. 약속하고 싶으면 참는다. 약속했으면 취소한다. 미리 못했으면 당일 취소한다. 당일 취소를 못 했으면 안 나간다.

일반들하고 개인적인 시간을 보내지 않는다. 남자 좆을 빨고 싶어하는 호모들한테 자지를 빨리거나 입에 오줌을 누어 먹이고 있으면 이 정도 기분 좋은 자극을 얼마든지 받을 수 있는데 왜 사람을 만나서 상대하고 이야기해야 하지 싶다.

물론 일반인을 만나는 일은 좋다. 나는 고자극에 노출되어 있고 늘 그럴 수 있어서 일반인들이 느끼는 자극 수준으로 상황을 관리할 필요가 있다.

그럼에도 가장 만족도 높은 상황을 설정해본다. 그 장면에 나를 대입해보고 그만큼 기분 좋을 수 없으면 가지 않는다. 사람을 굳이 만나서 시간을 보내고 돈을 써보고 체력을 써봐야 후회할 줄 알게 된다.

다른 사람과 같은 공간에 있기 싫다. 몸에서 냄새나서 싫다. 나는 냄새나는 것을 싫어한다. 그것이 통제할 수 없어서 나는 게 아니고 양치했거나 세수나 샤워, 샴푸로 해결할 수 있는 문제였으면 그가 싫어진다. 찜방에서 호모를 만났을 때 그가 아무리 식되어도 입에서 냄새나면 하고 싶지 않다. 땀냄새나 체취 말고 그가 먹은 음식 냄새를 참을 수 없다. 그가 무언가를 먹었다는 사실이 그리고 그게 드러나는 부주의가 그를 싫어지게 한다.

호모와 만나 음식을 먹을 때면 그게 내 옷, 몸, 손가락에 스며든다고 상상하고 메뉴를 고른다. 냄새 안 나는 거. 생선회, 과일, 그런 거. 양념이 없거나 각자 한 그릇 먹을 수 있는. 국물이 끓어서 수증기가 몸이나 옷에 배어버리는 음식 말고. 무언가 튀어 옷에 얼룩 남기는 음식 말고. 냄새도 안 나고 흘리지도 않을 수 있는. 만에 하나 흘리더라도 안 흘린 것과 똑같을 수 있는. 호모를 만나면 먹고 싶지 않다. 배고프지 않다. 음식은 혼자 먹으면 된다. 혼자서 먹고 아무도 만나지 않고 집으로 갈 수 있으면 된다. 집에서는 냄새나거나 지저분한 음식을 먹을 수 있다.

술 먹는 건 다르다. 술 마시는 건 기분 좋다. 나는 늘 왜 술을 먹고 어떻게 마시는지 설명해야 할 거 같은 기분에 사로잡힌다. 당신이 지금 말하는 '술'하고 제가 말하는 '술'이 달라요! 설명하고 싶어진다. 세상에는 오십 년을 산 사람하고 이십 년을 산 사람이 같이 존재해야 한다. 그것이 이십 년을 산 사람에게는 고통이다. 그것이 고통이라는 걸 안 이후에는.

내가 원하는 방식으로 원하는 표정으로 원하는 이야기를 들을 수 없을 거라고 예상되는 상대에게도 작은 기대가 있어 술을 마셔본다. 그리고 그 일은 현실에서 일어나지 않았습니다.

그러니까 기대하기보다는 확실한 답을 주는 호모를 만난다. 호모는 확실하게 빨아준다. 그것보다 기분 좋기는 어려운 일이다.

못생긴 사람이 고추를 기분 좋게 빨아주는 것과 잘생긴 사람이 고추를 안 빨아주는 것 중 무엇이 더 좋을까. 당연히 전자겠지만 후자도 어쩌면 기분 좋을 수 있다.

성기에서 피가 나와 콘돔 없이 섹스할 수 없거나 딥스롯하기 곤란할 때는 말이다.

고분고분한 게 좋다. 먹으라고 하면 먹고 술을 남기지 말라고 하면 남기지 않고, 취했는데도 더 마시고 삼키고 그것이 성적인 행동보다 나를 흥분시키고 재미있다. 누군가를 통제하며 취하게 한다는 만족감을 준다.

말을 잘 듣는 사람이 아니면 술 마시기 전에 긴장한다. 말이 많을까봐. 나는 취하고 싶어하는 건데 그는 말을 하고 싶은 걸까봐. 그래서 취하지 못하고 단지 술을 마시는 상황에 놓여 있게 될까봐 가벼운 긴장을 느낀다.

시키는 대로 하는 사람을 좋아한다. 내가 자기를 해치지 않는다고 믿거나, 세상이 자신에게 악의 없다고 생각하는 그들의 표정이나 안심된 삶을. 누군가 갑자기 자기를 칼로 찌르는 일은 없을 거라고, 우리가 침범하지 않기로 약속한 중앙선을 넘어 반대 차선 차량이 자신에게 돌진하지 않을 거라고 믿는 사람들. 자기가 원하지 않는 불쾌한 경험을 당하지 않도록 세상이 설계되었다고 믿는 사람들을. 혹은 다른 경우일지도. 그런 일이 일어나더라도 상관없는 경우 말이다. 그렇다면 그와는 술을 마시고 '이야기'를 하게 되더라도 기분 좋겠지.

뭔가를 하고 싶을 때 이건 자극인지 아닌지 생각해본다. 뭔가를 하고 싶어하는 마음인지 자극을 원하는지. 행동은 자극을 발생시키려는 노력이다. 그 행동을 원하는 게 아니고 그걸 통해 자극을 느끼고 싶어한다.

자극이 뭘까? 없는 거, 떼쓰는 거, 유감. 바꿀 수 없는 거, 어쩔 수 없는 거, 회복할 수 없는 거, 되찾을 수 없는 거, 지금 당장일 수 없는 거. 그런 짜증이 자극이다. 바꿀 수 있고 어쩔 수 있고 회복하고 되찾을 수 있고 지금 당장

일 수 있으면 사라지는 갈망. 바라는 게 있고 하려는 게 있는데요, 그거는 불가능합니다라는 반복되는 답 앞에서 내는 화. 화내는 사람이 되고 싶지 않으니까 자극을 택한다. 나는 화가 없는 사람이니까, 분노하지 않으니까. 자극은 나를 기분 좋게 간질인다. 화나 있다는 사실을 깜빡 잊을 수 있도록. 운이 좋다면 깜빡 잊은 채 잠까지 들게 할 수 있다. 충분한 자극이 주어진다면.

보고 싶은 마음은 병이니까 참는다. 보고 싶다는 생각은 일반적이지 않으니까 보통의 상태가 아니니까 참는다. 보고 싶다는 의사를 현실에서 실행하고 상대에게 전달하더라도 그 만남이 이루어지기까지 견디지 못한다. 상처럼 사건처럼 일어나는 일들이다. 보고 싶은 마음은 잘 참으면서 어떤 것에는 왜 인내심이 없을까? 어떤 건 나에게 너는 참을성이 없구나 느끼게 만들까. 온 힘을 다해 자제하고 있어서?

보고 싶다는 생각이 처음에는 쌀알만 했는데 동전처럼 커지고 캔이나 야구방망이처럼 불어난다. 쌀알일 땐 주머니에 넣어두고 잊거나 무시할 수 있었다.

말하는 사람 말고 술 마시는 사람을 좋아한다. 술을 마시고 싶어서 말을 듣고 싶지 않다. 말하는 데 관심 있는 게 아니라 취하는 데 관심 있다.

35

사람 볼 때는 내 오줌을 상대가 먹을 수 있는지 따져보고 만나게 된다. 딥스롯을 할 수 있거나 잘하는지 좋아하는지, 한 시간 이상 다리에 휘감겨 머리통 조여진 채로 가쁘게 숨쉬어도 발기하는 타입인지 생각해보고 만난다. 노콘 안싸 돌림 이런 거는 재미가 없다. 여전히 끌리는 주제이긴 하지만. 다들 몰래 고추를 빨려고 하거나 자기 애널에 넣으려고 하는데 그런 평범한 거 말고 정신적인 걸 찾고 있다. 내가 오줌을 입에 싸면 한 방울도 흘리지 않고 꿀꺽꿀꺽 삼키는 남자를 만나고 싶다. 그가 자신을 호모라고 생각하든 일반이라고 생각하든 상관없이. 그러다보니 사람들이 정리된다. 새로운 사람을 만나는 기준이 생겨서 내가 진짜로 뭘 원하는지 정확히 말하게 되었다.

36

할 수 있는 것을 안 하려면 어떻게 해야 되지. 오늘 할 수 있는데 오늘 하지 않는 걸 선택하려면. 내일 말고 모레나 한 달도 말고 내게는 꽤 멀리 육 개월 반년 일 년 이상

삼 년 정도. 오늘 할 수 있고 해도 되는데 간절하게 안 해야 하는 것도 아닌데 어떻게 하면 나에게 할 수 있음을 금지시키지. 금지시켜서……

내가 어릴 때 아저씨들은 내 고추를 빨아주었다. 입에 정액을 싸달라고 하고는 그걸 먹었다. 그때 어떤 아저씨의 고추도 입에 넣거나 빨지 않았다. 정액은 더더욱 먹지 않았다. 하지만 이제 아저씨들의 고추는 물론이고 누구나의 고추도 빨고 정액도 먹고 항문도 빤다.

내가 오늘 사람들에게 하는 행동을 늙은 나는 되풀이하게 될 것이다. 내가 누군가에게 오줌을 먹이고 있다면 오줌을 먹는 사람은 내가 될 것이다. 그래서 할 수 있음을 안 하고 싶다. 할 수 있지만 할 수 있음을 안 하고 싶다.

어떻게?

매일 같은 음식을 먹고 일정을 짜서 예상치 못한 일이 끼어들지 않게 하고 사람을 만나지 않고. 하고 싶지 않아도 할 수 있으니까 하고 빨릴 수 있으니까 빨린다.

공원 벤치에 반바지 차림으로 있으면 아저씨들이 그 앞에 무릎 꿇고 앉아 바지 사이로 빠져나온 고추를 빨아준다. 멀리 밝은 곳에서 여기로 걸어오는 여자 남자 커플이 보여 머리를 밀쳐내려고 하면 아저씨는 입에 싸, 입에 싸 한다.

사람들을 보면 그들의 목울대가 보인다. 그 목구멍과 혀의 가능성을. 저 재능은 잠들어 있다.

　화장실에 데려가면 벽에 머리를 기댄 채 바닥에 앉게 한다. 벌린 입술을 지나 혓바닥에 귀두를 올려둔다. 오줌이 나올 때까지 혓바닥은 참을성 있게 요도구 주변을 핥짝이고 있다. 오줌은 조금씩 천천히 한 모금씩 삼킬 수 있게 흘러나온다. 그걸 꿀꺽꿀꺽 삼킨다. 나는 충분히 싸고, 침대로 왔다가 또 화장실로 데려간다. 그는 따라온다. 저 눈빛이 좋다. 기대하는 눈빛, 충동으로 마비된 눈빛. 그의 심장소리가 내게도 들리는 거 같다. 그는 정말 나를 바라보고 있다.

　커다란 냉탕에 잠수해 이쪽과 저쪽을 이동한다. 눈감은 채 벽을 짚으려다가 물속에서 다른 사람이 모른 척 내민 손과 닿는다. 나는 이 의미를 안다.

　어떻게 하면 할 수 있는 걸 안 할 수 있으며 안 해야 한다고 나에게 설득할 수 있지? 설득하는 게 아니라 지시하고 명령하고 강제해야 하는 걸까? 그럴 수 있으니까 해도 되는 게 아니고 세상에는 하고 싶더라도 하면 안 되는 일이 있고 하기 싫더라도 해야 하는 의무가 있다고 교육해야 할까. 화장실에 가거나 목욕탕에 가거나 공원 벤치에 앉아 있으면 기분 좋아진다는 사실을 알고 있어도 가면 안 되는 걸까.

　이걸 하고 싶어하는 사람이라고 말하는 게 부끄럽다. 이 사람이 너는 이런 걸 하고 싶어하는구나 알게 되는 것이 부끄럽다. 누군가가 원하는 게 뭔지 안다는 건 그 사람보다 힘이 생긴다는 의미다. 욕구를 들키는 대신 적당히 싫어하는 상황을 견딘다. 참을 수 없는 거, 견디기 싫은 거, 아픈 거, 그런 거 말고. 모기에 물린 정도. 피가 나는 상처 말고 가려운 정도. 무시해도 되는 거, 일시적인 거.

  참을 수 없는 행동을 참아야 하면 매우 하고 싶다. 이 참을 수 없는 행동을 참았으니까 그걸 하고 싶어진다. 내가 참을 수 없는 행동을 안 참아도 된다면 하고 싶어지지도 않을 것이다. 매일 같은 맛의 음식을 먹고 정해진 장소에서 동일한 행동을 하더라도 아무 자극을 원하지 않을 것이다. 참을 수 없는 걸 참고 하기 싫은 걸 하고 견딜 수 없는 걸 견뎌야 하는데 이걸 어떻게 해소해야 하는지 모른다. 하고 싶은 걸 한다. 그래서 나는 이런 사람이 되었다. 내가 시키고 요구하는 것들, 그것들을 결국에는 제일 잘하는 사람이 될 것이다.

  하지만 아니다. 나는 노콘으로 돌림당하는 바텀을 좋아했지만 그렇다고 내가 노콘으로 돌림당하는 바텀이 되지는 않았다. 참을 수 있으면 되는데, 참을 수 있으면 뭐든 할 수 있는데 참을 수 없어서 그걸 할 수 없다. 해왔던 것만 할 수밖에 없다. 다른 사람이 되려면 이 참았던 힘까지가 필요한 게 아닐까. 견딜 수 없는 행동을 참았던 힘을 가지고 다른 사람이 되어야 하는 게 아닐까. 원하지 않는, 좋아하지 않는, 싫어하기까지 하는 선물을 받고서 이 대가로 너는 참아야 한다 말하는 어떤 입장 앞에서 더는 그 행동을 지속하지 않는 법을 생각해본다. 내가 끝내는 게 아니고 내가 끝장나는 순간. 스스로 그만두는 게 아니고 사람들이 더는 못 참는 순간.

잘 먹고 잘 자고 쉬고 호흡하고 천천히 생각하지 말고 쓰고. 기록하고 정리하고 청소하고 운동하고 걸어다니고 걷고 더 걷고 산을 더 걷고. 더 혼자 걷고 기대하지 말고 기대하는 걸 바닥에 버리고 걸어다니면서 바닥에 다 버리고. 기대하지 말고 이걸 참아서 일 년을 참아서 삼 년을 참아서 어떻게 되겠다는 마음까지 다 버리고. 그런 일이 일어나지 않고 그런 일이 없어도 내가 그런 모습이 되지 않아도 참았는데도 지금과 똑같은 모습이고. 안 참고 삼 년을 살았어도 똑같은 모습이었을 나를 참고.

할 수 있는 걸 어떻게 안 할 수 있을까? 잘게 쪼개면 할 수 있을까? 쪼개면 참을 수 있을까? 규칙을 만들면 지킬 수 있을까? 규칙이 있다는 사실을 기억할 수 있을까? 나를 위해 규칙을 만들었고 그걸 지켜야 한다는 사실을 행동으로 옮길 수 있을까? 하고 싶어지지 않을까? 이 산을 내려가면 그 집에 가고 싶지 않을까? 거기 있고 싶지 않을까? 꿀꺽꿀꺽 삼키는 소리를 듣고 싶어하지 않을까? 하나만 하면 안 될까? 참을 수 있을까?

37

유성원은 교통사고로 죽었다.

유성원이 운전을 좋아한다고 말해서 유성원은 교통사고로 죽었다.

유성원은 오백 살까지 살고 싶어했는데 서른여섯에 교통사고로 죽었다.

운전할 수 있다고 말해서 죽은 것이다.

유성원은 능력을 과신했다.

다른 사람들은 그의 말을 믿었다.

유성원이 할 수 있다고 말했고 괜찮다고 말했고 늘 그래와서 그 말을 믿었고 유성원에게 속은 것이다.

유성원은 교통사고로 죽어버렸다.

새벽 두시에 시속 백팔십 킬로미터로 달리는 바람에 죽어버렸다.

휴게소나 졸음쉼터에 들러 자지 않고 전속력으로 고속도로를 달려서 죽게 되었다.

그것은 하나도 안타까운 죽음이 아니다.

유성원은 자신이 운전할 수 없다는 사실을 알고 있었다면 자신이 운전할 수 없는 컨디션이라고 고백하고 모두를 난처하게 만들어야 했다.

하지만 유성원은 자신을 몰랐고 커피를 마시면 버틸 수 있다고 생각해서 서른여섯 살에 죽었다.

서른여섯은 어린 나이가 아니다. 유성원은 살 만큼 살았고 방탕하게 살았다. 남들보다 빠르게 많이 여러 가지를 해보고 죽었다.

유성원은 원하지 않는 시간에 잠을 자고 휴식을 취하며 컨디션을 회복해야 했지만 저녁을 먹고 목욕을 하는 바람에 잠을 자지 못했다.

유성원은 비만이었고 배가 고프지 않아서 저녁을 먹지 않고 잠을 자도 되었다. 목욕을 하는 것도 선택이었다.

그는 그저 자는 대신 머리를 면도하고 몸에 로션을 바르고 싶은, 자고 싶지 않은 시간에 깨어 있고 싶다는 사치스러운 감정을 느낀 것이다.

유성원은 자살하고 싶어하는 사람들에게 화가 나 있었다.

자살하고 싶은 사람들은 자신이 느끼는 고통을 이야기하는 걸 좋아하기 때문이다.

유성원이 배가 고플 때 자살하고 싶어하는 사람들도 배가 고팠다. 그들은 훨씬 이전부터 배가 고팠다.

유성원이 잠을 자지 못할 때 자살하고 싶어하는 사람들은 훨씬 오래전부터 잠을 자지 못해왔다.

유성원은 이 세계의 초보이며 겨우 약간의 배고픔과 졸

림을 참지 못한 애송이인 것이다.

유성원은 자신이 피곤하다는 사실을 주의 부족으로 드러내어 모두를 불편하게 만든다.

그러니 유성원은 죽어도 된다. 교통사고로 죽어도 된다.

오백 살까지 살고 싶어했던 유성원은 서른여섯에 죽어버린 자기 자신에게 화가 났다. 자신이 그렇게 만들었다.

유성원은 자신이 죽었다는 사실 때문에 이 상황이 원망스러운 건지 알고 싶었다. 일단 한숨 자고 생각하고 싶었다. 카페인의 각성 효과가 죽어서도 그를 눈감지 못하게 괴롭혀서 심장이 뛰었고 잠이 오지 않았다.

유성원은 죽었지만 잠은 자고 싶었다. 이게 잠을 자지 못하는 느낌이구나! 유성원은 이제야 잠을 자지 못하는 사람들의 마음을 공감하게 될 것인가.

내가 잠을 자지 못하고 배가 고플 때 다른 사람들은 잠을 잘 자고 밥을 배불리 먹어도 괜찮아야 한다. 이건 내 사정이고 다른 사람에게는 그들의 행복과 삶이 존재하기 때문이다.

유성원은 2023년 9월 24일 경부고속도로에서 교통사고로 죽어버렸지만 만약 살아 있다면 어떻게 할 것인지 방법을 알고 싶다.

서른여섯에 죽어버린 유성원은 알고 있었다. 유성원은 자신이 잠을 자지 못하면 예민해지고 잠자리에 들 시간이 되면 졸리다는 사실을 알고 있었다.

졸리지 말아야 될 상황이면 몸 상태를 관리해 각성시켜야 했지만 그렇게 하지 못했다.

유성원은 자살한 게 아니다. 유성원은 사람들을 살해했다.

유성원은 자신의 차에 타고 있던 승객들을 살해한 것이다.

유성원은 교통사고로 죽은 사람이 아니라 교통사고를 내어 사람들을 죽인 살인자가 되었다.

유성원은 사람들을 죽였다. 아주 고통스럽게 죽여버렸다.

어쩌면 그들은 오백 살까지 살고 싶었던 유성원보다 훨씬 오래 오천 살이나 오만 살까지 살 수도 있었을 텐데 죽어버렸다.

유성원은 돌이킬 수 없는 잘못을 저질렀다. 할 수 없다고 말하면 됐는데 그 말을 못해서 사람들이 죽었다.

유성원은 운전을 하면서 화가 났다. 왜냐하면 유성원은 등 뒤에 칼이 겨눠진 채로 절벽이나 어딘가에서 가까스로 버틴다는 느낌을 받았기 때문이다.

유성원이 교통사고로 죽어버리면 모두가 죽게 되는데 유성원이 죽고 싶어하지 않고 살고 싶어한다는 이유로 이 불가능한 운전을 해낸다는 사실에 스스로 화가 났으며 유성원은 유성원을 살게 하거나 그를 관리할 자격이 없다고 느꼈다.

앞에서 여러 차례 강조한 것처럼 다른 사람은 유성원

의 말과 마음과 반복된 표현을 신뢰할 수밖에 없었기 때문이다.

유성원이 나는 못하며, 이성적인 판단을 하기 어려운 뇌 질환이 있어 거짓말을 하고 있는지도 모른다고 고백해야 했다.

유성원은 말했을 거다. 자정을 넘어가면 예민해지고 사람들을 상냥하게 대하려고 노력하기 어려워진다고. 그런 모습을 보여주고 싶지 않아서 그전에 운전과 업무를 끝내고 싶어한다고 언젠가 말했는지도 모른다.

혼자 글을 쓰며 말했나?

누구에게도 말하지 않았거나 대수롭지 않게 여겼을 것이다.

그것은 말이고 글에 불과하니까.

유성원이 죽기 전 살아 있을 때 말해서 그것은 주의깊게 받아들여지지 않았다.

이미 여러 유성원들이 죽고 있었기 때문이다.

그들은 살아 있는 유성원보다 더 강조되고 사람들에게 이해되기 쉬웠다.

서른여섯에 교통사고로 죽은 살인자 유성원은 이제 사람들에게 깊이 이해되기 시작한다.

38

그게 중요한 일이 아닌 것처럼. 나에게 의미 없고 더러운 타액이 묻어 싫거나 장난이거나 피부나 세포끼리의 접촉인 것처럼.

어떤 호모들은 해준다. 원하는 걸 해주는 호모들에게는 무엇이든 한다. 그들은 바라고 있고 이 행동이 무슨 의미인지 알고 있다.

내 행동이 상대에게 닿는 순간 변질되어버리는 거래 말고 의도한 의미가 가서 완전히 꽂히고 닿는 관계를 바란다. 애써 회피하는 것처럼요.

내가 접촉되길 원하지 않고 바라지 않는 사람의 눈길을 피하고 손길을 피하고 마지못해 스치는 것처럼.

하루가 지나가려고 할 때마다 어제를 써야지 생각한다. 어제는 지나갔고 완결되었으니까. 무슨 일이 있었는지는 말할 수 없어도 어디에 있었는지는 말할 수 있을 테니까.

그럼 호모들을 좋아하나? 호모들을 좋아한다. 여자들을 좋아하지 않는다. 그럼 남자들을 좋아하나? 아니다. 남자를 좋아하는 것은 절대 아니다. 어떤 상황, 조건 있는 관계를 바란다.

생물학적인 조건을 갖춘 남성이 있다고 그를 좋아하는 것이 아니고 그가 나에게 어떤 쾌감을 줄지 관심 있다. 육체적인 쾌감을 줄까. 감정적인 쾌감을 줄까. 둘 다 아닌 사람에게는 관심도 끌림도 느끼지 않는다.

육체적인 쾌감은 늘 해오던 것들이다. 애무하거나 삽입하는 모든 행위이며 감정적인 쾌감은 그에 수반되는 순종, 복종, 따름, 인내, 참을성 있음, 반항하지 않음, 소극적인 저항, 묵살 가능한 의사 표시, 금지의 일시적인 허용 등이다.

무절제한 사람이 되지 않으려는 노력은 빛을 발하고 있다. 제정신인 채로 누리는 기쁨을 좋아한다. 취해서, 이성적인 판단을 못해서, 기억 못해서, 예외적이어서 그런 행동 하는 거 말고. 자신이 무슨 이유로 나에게 이러한 행동을 하고 그 대가를 기다리는지 인식하고 있는 상대와 하고 싶다.

39

거기에 가고 싶어하지 않는 사람들하고 거기에 갈 수 있다. 거기에 흥미를 느끼는 사람들하고 거기에 가는 일도 할 수 있다. 거기에 가고 싶어하는 나를 데리고 거기에 가는 것을 좋아한다. 형하고 거기 가고 싶어요. 가만히 누워만 있어도 되면요. 더 바라지 말고 뭘 해달라고 바라지 않고 가만히 누워만 있어도 된다면 제 바닥난 체력으로도 형

하고 거기 갈 수 있죠. 거기에서 눈감고 누워 쉬다 잠들어도 된다. 가는 대신 가는 일을 생각한다. 거기에 같이 가자 얘기하는 걸. 약속만으로 기분 좋게 만들 수 있다. 실제로는 가지 않아도 되고 포기해도 되니까 얼마나 기쁠까? 어떻게 하면 잘해줄 수 있을까. 어떻게 하면 잊지 못하게 사랑해줄 수 있을까. 먹어본 적 없는 좋은 음식을 먹고 가보지 못했던 장소에 가게 되면서 지금 이 풍경에 감탄하지만 이런 것들을 질리도록 경험한 이들이 맞장구쳐주려는 노력조차 하지 못할 때 갑자기 깨닫는다. 칭찬은 빈말이고 손바닥은 뒤집을 수 있고 좋은 기억은 고된 기억이 될 수 있다. 누구나 처음으로 만나고 마지막으로 만나는 사이며 헤어졌으면 영영 만나지 못할 수 있다. 지금 하는 전화통화가 끝일 수 있고 우리는 연락하지 않아도 된다. 사는 것은 불공평한 일의 연속이지만 죽음 이후에는 공정한 심판을 받게 된다고 믿고 싶어하는 몇몇 신화를 보면서 그 반대라면 어떨까. 사는 것은 공평하고 공정했는데 죽어버린 이후에는 다 불공평하고 뒤틀려 있다면. 죽고 싶어하는 사람을 보면 그가 죽어도 어쩔 수 없지 싶다. 그래도 어떤 사람이 죽는다고 생각하면 눈이 뜨거워진다. 왜 저 사람이 울까 생각했는데 그런 나에게 왜 그렇게 사람이 울어야 했는지 보여주겠다 작정한 누군가가 나를 울게 하는 걸 본다. 한번 더 갈 수 있으면 한번 더 가고 마지막까지 최선을 다한다. 헌신하고 싶어한다. 어딘가 속하고 싶고 기능을 다하고 싶다. 쓸모가 있다면 그것으로 불편을 해결해주고 도움을 주고 싶다. 나는 나를 보는 사람들의 얼굴을 모르지만 누군가들은 나를 알고 있다. 내가 좋아하는 거, 쳐다보는 거, 욕망을 느끼는 거, 속으로 생각하는 것을 다 보고 있다. 내가 남자와 하고 싶은 것은 이러이러한 것들이다. 그것들은 이루어져도 그만이고 이루어지지 않아도 상관없다. 좋은 걸 선물받으면 이것을 다른 사람에게 주어 기쁘게 하고 싶다. 나에게는 선물이 필요하지 않다. 사람까지 되어야 할까? 글을 쓰거나 책을 내면 그만이지 사람까지 되어야 할까? 앞으로 살아갈 수 있는 방법이나 방향은 하나밖에 없다는 걸 깨닫는다. 여러 방향과 갈래로 자유롭게 나아갈 수 있을 거 같았지만 그게 어디로 수렴되는지 점차 느낀다. 만나는 사람에게 예의를 갖추고 겸손하고 감사하는 것밖에는 방법이 없다. 밥을 먹을 때는 깔끔하게 깨끗하게 보이는 것을 의식하면서 먹고 식탁이 지저분하지 않게 젓가락이나 수저가 함부로 나뒹굴지 않게 주의하고 많은 양이 아니라 한 번에 흘리지 않고 입에 담을 수 있을 만큼 넣고 입술을 닫고 천천히 꼭꼭 씹는다. 내가 하는 말, 보았던 풍경, 갔던 곳은 블랙박스에 녹화돼 있으며 그것을 언제든 다른 사람들은 틀어볼 수 있다. 평가받는 사람이 된다. 했던 말이 아니라 행동으로 기억된다. 표정은 감출 수 없어도 행동하면 만회할 수 있다. 구체적인 도움을 주려 노력하고 그가 곤란해하는 어려움을 해결해주자. 매일 고이는 물을 퍼내 바닥까지 쓴다. 나는 처음 겪는 일을 어떤 사람들은 오백삼십삼번째 겪고 있어서 나에게 웃어주지 못한다. 내 말에 공감해주려는 노력을 더는 하지 못한다. 그 사람들에게는 오백삼십삼번째 일어난 특별한 사건이어서 그 특별함에 반응하는 것이 빈말이거나 허례허식처럼 느껴진다. 그렇다면 나는 오백삼십삼번째 겪는 특별한 일을 어떻게 경험해야 할까. 나에게 처음 일어난 일이었지만 그것이 반복된 이후라면 그 특별함을 바라보는 눈이 마찬가지로 심드렁해질까. 바라던 사람들을 만나고 바라던 사람들과 그것을 하게 되지만 이게 끝은 아니라고 생각하는 것처럼. 보고 싶어요, 보러 갈게요, 하더라도 일 년이 지나도 이 년이 지나도 보지 않을 작정인 것처럼. 그런 마음일까. 마음을 확인하더라도 어떻게 현실에서 이루어지게 둘까. 그렇게 방에 남게 되면 나는 무얼 바랄까. 나에게 상대가 무얼 바라는지 알지 못해서 그 방에 남지 못한다. 한 번은 얘기하고 싶기도 하다. 나의 귀한 시간, 소중한 시간을 써서 내가 좋아하는 표정을 가진 사람한테 정확하게 그 사람한테 누구로도 대체 가능하지 않은 딱 그 사람, 내가 어떻게 몸을 움직이는지 어떻게 시간을 보내는지 경험한 그에게 시간을 쓰고 싶다. 얼굴을 떠올린다. 이름을 말하지 않는다. 누구라고도. 나는 완전히 먹이는 사람이다. 그걸 생각한다. 나는 쓰다듬기도 하지만 완전히 먹이고 싶어하는 사람이라는 것도. 쓰다듬어지길 바라는 사람이라면 완전히 먹어야 한다는 것도. 그러면 이 얼굴을 가라앉힐 수 있다. 상황은 주어지는 것이지만 그 안에서 선택할 수 있다. 조건에 대해 동의나 공감을 묻는 호소는 할 수 있어도 해결은 그 판단에서 나온다. 나는 이런 사람이 되기로 선택한 것이다.

40

토요일에는 송년회에 못 갈 거 같아 연락하고 집에 있었다. 일요일에도 모임에 가지 않았다. 토요일에는 집에서 잤다. 낮에도 자고 아침에도 자고 저녁에도 잤다. 머리에 열이 나서 ㅈ의 사진 작품을 머리에 베고 잤다. 어떤 사람들은 내가 이런 걸 원한다고 생각할 수 있다. 남자에게 오줌을 먹이고 딥스롯을 하면서 구토시키고 노콘 돌림을 하고. 그거는 내가 원하는 것들이다. 그렇다고 해서 그 할 수 있는 일들을 선택하진 않는다. 기분 좋은 일들을 경험할 수 있다고 해도 잠자는 것이 더 편안하고 안심된다. 내 방 침대에서 사람과의 만남 없이 접촉 없이 옷 입고 마주하는 일 없이 보여지지 않은 채로 혼자 있을 때 안심한다. 밖으로 나가 사람을 만나고 싶고 걸어다니는 나를 보여주고 싶고 누군가에게 목격당하고 싶지만 그러면서 내가 원하는 방식으로 만남을 갖고 싶지만 그보다 잠자는 것이 더 편하다. 토요일에 잠을 자지 않았다면 일요일에 아무것도 하지 못했을 것이다. 금요일 공항철도 홍대입구역에 내려 걸어가며 젊은 사람들을 보았다. 이십대거나 그보다 젊을 사람들을. 이들의 눈으로 나를 볼 수 없다는 사실이 마음을 불편하게 했다. 나는 이들의 얼굴이나 몸, 옷차림을 보고 있지만 이들은 나를 보고 있지 않다. 이들에게 나는 존재하지 않는 무엇이다. 술을 먹고 싶은데 술을 마실 수 없을 때 화가 난다. 나는 먹고 싶은 만큼 술을 먹고 싶어하고 그것은 절대로 아무도 원하지 않는 일이다. 내가 먹고 싶은 만큼 술을 먹게 된다면 그것은 무서운 일이다. 술을 마시려면 술을 마신 날로부터 하루이틀은 일정이 비어 있어야 한다. 연락되지 않아도 일상에 복귀하는 데 지장 없어야 한다. 술에 대한 이런 갈망은 사람들에게 이야기할 수도 이해받을 수도 없다. 나는 나와 같은 간절함을 가지고 있어서 술을 마시는 동안 나를 지켜주고 보호해주고 안심시켜주고 안전할 수 있게 도와주는 사람들을 보고 싶은 것이다. 그런 사람들과 술을 마시고 싶다. 술을 마시면서 다른 생각 하는 사람들 말고 오로지 빨리 저걸 몸안에 들이고 싶어서 안절부절못하는 사람들의 표정이 그립고 그들이 있는 편안한 방으로 가고 싶다. 완전히 안심하는 상황을 생각한다. 나한테 원하는 게 있어서 그걸 자기한테 달라고 그러면 너를 안심시켜주겠다고 말하는 조건부 말고 나는 너를 안심시켜주기 위해 존재한다는 듯이 헌신하는 사람 옆에 있고 싶다. 나는 완전히 헌신하는 사람을 만난 적이 있고 그래서 입맛을 망쳐버렸다. 어떤 사람도 이 사람만큼 나를 안심시켜주지 못할 거야 생각하도록 내가 완전히 기절하고 정신을 잃어도 기억하지 못해도 괜찮을 정도로 안심시켜주고 한없이 밑으로 가라앉게 해주고 어두워지게 해주고 눈앞에 보이는 색깔을 다 검은색으로 칠해주면서 눈을 감아도 된다고 자도 된다고 기절해도 된다고 곁에 있다고 속삭여주면서 쓰다듬어주면서 나를 따뜻하게 만져주면서 눈감게 도와주는 그 손. 내가 기절해서 안심해서 잠들어버려서 기억을 잃어버려서 감촉과 느낌만 남아 있고 그의 얼굴도 이름도 잊어버리고 만 어떤 순간을 그리워한다. 나는 그런 사람을 만날 수 있고 그런 상황이 가능하도록 조건을 관리할 수 있지만 나에게 그걸 원하는지 반복해서 묻는다. 그건 압도적이고 편안해서 다른 무엇도 바라지 않게 한다. 잠드는 동안 죽어도 좋고 이대로 끝나더라도 아쉬움이 없다. 어떤 사람도 내가 와 있는 이만큼의 검은색에 도달한 적 없을 거야. 아무도 이만큼 포기할 순 없을 테니까.

길에 있는 개라고 아무거나 먹지 않는다. 사람이 돌보지 않는 개나 고양이도 주는 음식을 가려 먹는다. 나는 허용하기보다 제한되기를 바란다. 그 조건 안에서 인내하며 목적을 달성하고 싶다. 그게 잠들지 않고 취하지 않고 살아갈 유일한 방법이다.

41

최근 생각한 세 번의 실패를 적어두고 싶다.

오줌 먹이려고 남자를 만나지만 대부분 껴안고 볼을 부비다가 돌아온다.

그래도 진짜 먹이기도 한다. 입에도 먹이고 애널에도 싼다.

항문에 쌀 수 있다는 건 섹스를 하다가 발기가 풀렸다는 뜻이다. 전에는 발기가 풀리면 근심했는데 요즘은 오줌 싸기 좋아졌으니 다행이라고 생각한다. 마치 발기를 일부러 풀었다는 것처럼.

좋아하는 사람이 농담으로 나 게이야 하고는 잠시 뒤 이 자리의 유일한 게이인 나에게 미안하다는 듯이 자기는 사실 아니라고 말한다.

예전엔 헤테로 보면 한숨났는데 요즘은 게이 보면 한숨

난다. 이 사람들하고 나는 다르게 살아가고 있다. 성별이나 욕구, 지향이 다른 존재를 바라볼 때처럼.

어린애들을 만났다. 이십대 초반이나 중반. 이쁜 애들이 있고. 애들은 오줌을 먹여달라고 입술을 모아 귀두 끝에 댄다. 나는 발기해 있고 오줌을 싸려고 노력하지만 나오지 않는다.

어떤 애는 취해 있고 추위를 느낀다. 나는 겉옷을 벗어주고 비틀거리지 않게 어깨를 안아준다. 내가 오줌을 먹이려고 이 사람을 바깥으로 불러냈지만 존중하며 행동한다는 기분에 취해 있다. 술 마셨다는 친구 집이 어디예요, 물어보고 문앞까지 배웅해준다. 염려하고 있다는 사실을 알아달라는 듯이. 돌아오는 길 시티에 올라온 구인 글을 본다. 술에 많이 취했어요, 오줌 먹이실 분. 나는 가만히 화가 나려고 한다. 이럴 거면 내가 먹일걸.

HIV감염인 후원 주점 안내데스크에 앉아 있는데 저 멀리 테이블에서 마르고 피부가 하얀, 뿔테 안경 낀 형이 손짓한다. 나를 부르는 줄 모르고 가만히 있는다. 옆에서는 ㄹ씨가 다녀오라고 한다. 손가락으로 내 가슴을 가리키며 형에게 나? 하고 입 모양으로 물어보자 웃으며 고개를 끄덕인다. (이때의 내 기분이 얼마나 좋았을지 상상해보시오)

이 형을 자세히 기억하지 못하지만 우리는 만난 적 있다. 나는 형이 낯익은데 형이 주점에 들어왔을 때 나를 알아보지 못해서 가만히 있었다. 형 옆으로 가면서 들뜨고 흥분하고 있다. 이 사람, 내가 좋아하는 이 사람이 나를 좋아하는구나. 나를 좋아해서 부르는구나. 형은 내 손을 잡고 나는 형 손을 쓰다듬고 주무르며 얘기한다. 형이 나를 기억하고 있다.

아까는 못 알아봤어.

나는 알아봤다고 말한다. 이 사람이 기억나지 않지만 기억하고 있다는 듯이.

끝나고 뭐해? 뒤풀이 가죠, 형은요? 나? 나도 몰라. 이 형들도 다 간대. 넌 언제 끝나는데? 열한시에 마감하고 뒤풀이해요. 형은 나를 빤히 쳐다보고 있고 내게 잡힌 손을 빼거나 불쾌해하지 않으며 나를 보고 있다. 나는 옆사람에게 듣게 된다. 얘 너 식 아니야. 아니에요. 저는 완전 식인데요. 무슨 말이에요. 아니 얘는 뚱 싫어한다고.

나는 뚱이고 이 사람에게 노식이라는 사실을 알게 되는 순간 수치심으로 얼굴이 창백해진다. 그래서 번호 달라고 했을 때 머뭇거렸구나. 이 사람에게 내가 식이 아님을 알고 그리고 형이 조심스럽게 살을 좀 빼, 말한 다음부터 이 자리에 있기 불편하고 괜히 와서 주책을 떨었다는 후회가 든다. 형 얼굴을 제대로 보지 못한다. 얼굴에 경련이 일어났거나 그 비슷한 채로 표정을 감추지 못할 것 같다. 안내 데스크로 돌아와 생각한다. 앞으로 절대. 절대로.

밤 열한시가 넘었는데 전화가 온다. 술에 취해 뭐라고 인사말을 하는데 못 알아듣겠다. 네, 대구는 초저녁입니다. 늦은 시간 전화했다는 민망함을 농담으로 감추려는 듯싶다. 네, 파주도 초저녁입니다. 나도 웃는다. 나는 이 사람을 좋아하지만 이분은 나와의 약속을 미루거나 취소하려고 연락한 것이다. 의도를 추측하기 시작한다. 단둘이 만나는 게 얼마나 불편했을까? 이해한다. 그의 올해를 넘기면 안 될 텐데요, 하는 말이 올해 이 변태 호모와 단둘이 만나게 되었다는, 누군가에게 들키면 변명하기에도 골치 아픈 이 구두 약속을 해결하고 내년에는 홀가분해지고 싶다는 말로 들리기까지 한다. 20일부터는 방학을 하니까, 하는 말에 날짜를 던져본다. 1월이 되기 전 12월의 모든 주말을 이야기해본다. 나는 답을 유보하는 심드렁하고 개운하지 않은 음성에서 만나기 불편하다는 사실을 우회적으로 전달하고 있다고 이해한다. 두 번 다시 보자고 하는 일 없을 거다, 다짐하면서 아쉽게 되었다고 다른 좋은 날을 잡아보자고 하고서 전화를 끊는다.

일산에서 냉면 먹을 때 일행이 자리를 비우고 단둘이 남자 그는 내게 얘기한다. 예전에 학생한테 고백받은 적 있어요. 저를 그쪽이라고 생각해서. 그래서 저는 그런 취향 아니라고 말씀드렸어요. 나는 한없이 너그러운 채로 하지만 기분이 좋지는 않게 끄덕인다.

내가 어쩔 작정을 먹기엔 헤테로들은 내가 겪고 있고 바라보는 세계에서 멀리 떨어져 있다. 이 사람들이 죽을 때까지 경험해도 내가 지금 와 있는 수준의 발톱이라도 따라올까? 싶은 변태적인 세계에 있다는 생각이 든다.

이 사람 손을 잡거나 껴안거나 뽀뽀하거나 고추를 빠는 수준의 접촉을 기대하는 거라면 헤테로들과도 할 수 있었다. 크게 양보해서 항문섹스까지도 기대해보거나 시도할 수 있었다고 하자. 하지만 이 사람에게 내 오줌을 흘리지 않고 꼬박 먹인다거나 항문에 주먹을 집어넣었다가 빼면서 튀어나온 붉은 내장에 귀두를 삽입하고 오줌을 눌 수 있을까? 보다 정확히는 타인인 것이 편한 이 사람의 삶에 그렇게 깊숙하게? 치명적으로? 돌이킬 수 없게? 개입하고 싶나? 물어보면 이거는 아니오이며 내 욕구와 거리가 멀어 보인다. 게이들도 마찬가지다. 그래서 욕구로부터, 이 사람을 어떻게 하고 싶은 마음에서 자유로워진다. 예전에는 몸에 대한 수치심을 자극하는 상상으로 욕구를 틀어막았다면 지금은 원하는 것을 정확하게 알고 있어서 충동으로부터 자유롭다. 목구멍에 고추를 넣고서 느리게 오가며 찌걱찌걱 소리를 내고 그 자극이 기분 좋지만 이 정도로는 안 된다. 머리를 침대 모서리에 대고 거꾸로 눕혀 위로 휜 고추가 목구멍 깊이 끝까지 박히도록 밀어넣는다. 목구멍에 쑤셔지다가 우웩 구토하며 미끌거리고 뜨거운 토사물이 고추 위로 쏟아져야 된다. 그러고서도 울먹이고 있는 이 사람의 머리통을 허벅지로 조이면서 왕복 운동을 해야 된다. 그렇게 해도 원하는 게 아니다. 그럼 뭘 원할까?

누가 보고 싶더라도 그의 경제력, 인성, 상황에 반응하는 태도, 목소리, 억양을 생각해본다. 조금이라도 여지가 주어지면 사람들이 돌변하는 걸 경험하면서 거리 두는 법을 배운다. 뭘 맡겨놓은 것처럼, 내가 자기들이 여태 살아오며 시달려온 어쩌지 못한 문제들을 한방에 해결해줄 사람인 것처럼 행동하는 걸 볼 때 한숨난다. 그런 것보다 이 잠들어 있는 시체 같은 사람 사이를 비집고 누워 있는 편이 좋다. 자고 있으면 사람들이 교체된다. 누구라도 상관없다. 누구에게든 팔베개를 해주고 싶고 이 사람에게 해주었다가 그가 일어나면 다른 사람이 찾아온다. 이곳에서 나는 안심하고 환영받는다. 잠자고 있으면 나를 마음에 들어 하는 호모들이 찾아온다. 나의 심기를 거스르지 않으려 주의하며 호모들이 발가락부터 천천히 빨아준다. 고추를 빠는 태도나 스타일이 마음에 들지 않으면 밀어내면 된다. 그러면 상대를 찾던 다른 호모가 와서 봉사한다. 고추를 빨리는 동안 젖꼭지를 빨아주거나 다른 부위를 애무해주기도 한다. 나는 왜 이렇게 살게 되었을까. 행복하다. 나는 상대의 항문을 오래 빨아주거나 이 사람이 원하는 그 무엇도 해주지 않아도 된다. 오직 이 사람들은 내 고추를 빨고 싶어하고 내 몸에 손을 대고 싶어한다. 이 사람들이 원하는 건 미래의 변화한 내가 아니라 지금 여기 실물로 존재하는 한계 있는 몸이다.

그래도 보고 싶은 사람들을 생각한다. 연락처를 물어보거나 알아두고 지내면 좋았을 사람들. 그것만 포기할 수 있으면 누구도 나보다 행복하기는 쉽지 않다. 나는 만족돼 있다.

가끔 누군가에게 호소하거나 애원하는 장면을 상상한다. 영영 일어나지 않을 순간. 그건 예상하는 기쁨이 있다.

약속하면 보고 싶지 않다. 약속하지 않으면 약속하고 싶다. 내가 상대방의 의도를 곡해하지 않고 해석할 수 있다는 것이 자신감을 준다. 나는 뭘 원하는지 안다. 필요한 게 무엇인지도. 그걸 기대하는 방식으로 얻는 방법도 안다. 그게 그렇게 간절하거나 대단하지 않다고도 느낀다.

잠든 척하는 나의 옆에서 형은 숨소리가 거칠어지지만 나는 이 사람에게 바라거나 기대하는 게 없다. 그는 인내심을 가지고 나와의 술자리를 기다렸고 어쩌면 오늘 보상을 받을 것이다. 그러나 우리는 다른 방향을 바라보고 있고 내가 어디를 보고 있는지 이 사람은 죽을 때까지 경험하더라도 알지 못할 것이다. 그는 자기 방식으로 살아갈 거고 나는 내 방식으로 살아갈 거여서. 기분이 좋아지는 일을 하는 것보다 기분을 잡치지 않게 하는 게 내게는 더 중요하다.

　네 개의 딜도를 샀다. 최소 지름이 오 센티미터에서 팔 센티미터까지 길이는 십팔 센티미터에서 삼십 센티미터가 넘어가는 것까지. 귀두가 작고 몸통으로 갈수록 굵어지며 위로 휘었고 핏줄이 울퉁불퉁한 것부터 직선형이지만 귀두가 개복숭아처럼 크고 균형감이 아름다운 것과 팔뚝이나 칠백오십 밀리리터 산악형 텀블러보다 굵은 것까지. 사람이 달고 있기엔 드물거나 불가능해 보이는 사이즈의 딜도들을 책장에 진열해두고 바라본다. 누가 대물이에요, 고추가 커요, 해도 우습다. 한국 남자 고추가 아무리 커봤자 내가 가진 네 개의 딜도 중 하나나 두 개에도 못 미칠 것이고 외국인이라도 나의 네번째 딜도보다 작을 것이다. 그렇게 생각하자 고추가 크다는 것이 무슨 의미일까 싶다. 그리고 감당할 수 없이 커다란 고추를 바라보는 마음은 무엇인가? 어떤 남자의 자지 윤곽을 보더라도 그것이 나에게는 대수롭지 않고 누구 고추의 지름이 담뱃갑을 초과한다거나 팔뚝만하다고 해도 그 사이즈가 이 실물 딜도보다 작다면 이 딜도를 초과할 수 있는 실제 성기는 현실에 없다면 그 고추들은 어떻게 존재해야 할까. 이 거대한 고추는 입에 넣을 수도 없고 넣더라도 전부 넣을 수 없다. 뼈나 관절이 부러지거나 탈락해 한계 지점까지 벌어지기를 각오

하지 않는다면 끝까지 삽입하기 어려울 딜도들을 가만히 본다. 이런 건 나를 다스리는 데 도움이 된다. 나는 겸손해지는 데 폭력이 필요하다고 생각한다. 얻어맞는 경험은 사람을 완전히 겸손하게 해준다.

　에이즈 영화제가 있는 날 생수 두 병을 사서 한 병을 그 자리에서 마시고 한 병은 챙겨 들어간다. 영화를 보는 동안 나는 물을 한 모금씩 마시고 있다. 이것은 영화가 끝나면 텔에서 기다리는 중년 남자에게 먹일 오줌을 만들고 참는 과정이다. 영화는 과거에 본 것이고 지루하지만 나는 참을성 있게 앉아 있다. 참으면 참을수록 더 많은 오줌이 만들어질 것임을 믿는다. 영화가 끝나고 선택할 수 있다. 여기에서 호모들과 이야기를 나누기, 텔에 가서 나를 기다리는 호모의 입에 오줌을 싸서 먹이기. 나는 호모들이 옷 입고 앉아 있는 자리에서 일어나 모텔 팔층에 도착한다. 거기에서 알몸으로 기다리는 남자에게 먹인다. 세 시간 가까이 참아온 오줌을 천천히 싸다가 먹이다가 다 삼킬 수 없이 쏴 누다가 목구멍 깊이 고추를 집어넣어 캑캑거리며 삼키게 한다. 오줌 방울이 맺힌 귀두를 혀로 핥는 걸 느끼다 또 오줌을 싼다. 다 눈 것 같아도 기다리며 더 눈다. 손을 털듯이 그의 부드러운 혀에 성기를 문지른다. 어떻게 이런 걸 안 좋아할 수 있을까? 동일한 십 분을 보내도 누군가에게 오줌을 먹이는 십 분과 영화를 보며 앉아 있는 혹은 영화 후 토크를 준비하는 십 분이 같을 수 있을까. 나에게는 이 오줌 먹이는 십 분이 강력하게 유혹적이고 그것에 맞설 수 있는 사회적 상황은 많지 않다. 나는 일상에서 물을 마시는 행위, 물병을 만지는 행위, 물을 목으로 넘기는 행위마저도 의미를 가지게 되었고 이 언어를 이해하고 있는 사람을 만나게 된 것이다.

42

저번주에는 애널을 하던 파트너의 입에 처음으로 오줌을 누면서 그걸 역겨워하지만 서툴게 삼키며 꽤 많은 양을 마시게 된 상대를 만족스럽게 바라보면서 노콘 항문섹스 같은 건 재미없구나, 내가 바라는 관계의 미래가 여기 있구나, 하는 생각에 흥분했다. 골든과 딥스롯이 내게 준 선물은 헤테로 남성들과의 성적인 가능성을 기대하는 마음을 포기시켰다는 것이고, 성적 대상으로 바라보았던 호모들마저도 나에게 만족을 줄 수 없는 비남성처럼 경험하게 했다는 점이었다. 내가 하던 노콘 항문섹스, 돌림 등등은 평범하고 아무나 할 수 있는 일로서 자극도 없고 굳이 그래야 할 이유조차 없는, 그래서 콘돔을 사용하지 않겠다는 고집은 쾌감을 결정하는 요인이 되지 못한다는 깨달음에

이르게까지 했다. 그럼에도 이 행위들이 당장은 답이 아니라고 느낀다. 딥스롯으로는 사정하지 못하지만 상대방에게는 사정할 수 있다고 사정할 뻔했다고 거짓말한다. 애널에 삽입하면 쌀 수 있지만 꼭 그런 것은 아니라고. 정액이 흘러나오는 애널을 좋아하지만 꼭 그렇진 않다고 정액을 삼키려는 목구멍과 혓바닥도 좋아한다고 이야기한다. 입 안 깊숙이 성기를 넣고 움직이면서 조금씩 풀어지는 목근육 속 할딱이는 호흡과 교감하는 일이 나쁘지 않지만 이게 특별한 쾌감을 주진 않는다는 것도 알고 있다. 그렇다면 다음은 어디로 가야 하죠?

43

좋은 감정을 느끼기보다 안 좋은 감정을 피하기를 바라게 된다.

전처럼 살아갈 필요도 없고.

일을 좋아하지만 싫어할 수도 있다, 당연하게.

조난당해 있다고 생각했다. 낭떠러지에서 미끄러져 다리가 부러진 채 어두운 겨울 산 인적 없는 곳에 갇혀 있다. 그곳에서 과거 일했던 모습을 상상한다. 그러면 견딜 만해지고 견디는 이상을 넘어 이 순간이 그리워지기까지 한다.

나는 일을 좋아할 수 있지만 일을 좋아하는 나 때문에 내가 싫어질 수도 있다. 그런 마음을 이해한다. 열심히 하지만 열심히 하는 것이 마냥 기쁘다거나 행복하다는 건 아니다. 행복하다고 말하면서 행복을 노력한다. 이것은 정말로 노력이다. 사랑하는 일, 노력.

좋아하지만 좋아하려고 노력하는 일일 수 있다. 그런 마음을 이제 안다.

사람이 죽기 위해서는 머리통이 깨지거나 다른 엄청난 충격이 있어야 가능해서 일하다가 혹시 죽지 않을까? 하는 걱정은 안 해도 된다. 일하다 죽게 된다면 교통사고나 화재로 죽음을 맞는 것보다 훨씬 덜 고통스러운 행복한 죽음일 거다. 웬만해서는 일하다가 죽을 수 없다. 이 정도 강도로는. 졸음운전을 주의하기만 하면 된다. 잠을 자지 못할 때 졸지만 않으면 된다. 커피를 더 많이 마시고 깨어 있으면 된다.

나는 백 사람을 만나지만 이 사람은 나를 한 번 보는 것임을 늘 생각해야 한다.

나는 삼백 권의 책을 포장하고 발송하지만 이 책을 받는 사람은 단 한 번 받는 것임을 생각해야 한다.

마음은 그럴 수 있다. 마음은 멀리 먼저 가서 말하려고 들떠서 움직일 수 있다.

마음은 그럴 수 있다고 생각한다. 입이 움직이지 않고

손과 발이 움직이지 않으면 된다. 눈은 그럴 수 있다. 눈까지는.

눈길까지는 어쩔 수 없을 수 있다.

어떤 하루를 보내고 있는지 기록하고 싶지만 기록할 틈이 있으면 잠을 자고 싶다.

잠을 자고 싶다는 것이 불행하다, 행복하지 않다, 라는 말이 아니고 잠을 자지 못했다는 뜻이다.

나는 이 말을 이해한다.

44

숨쉬듯 생각이 난다. 소중이 생각. 아 너무너무 소중한 아기 보물 하고 중얼거려야 된다.

그런 장면들이 있다. 과거의 어느 순간, 그때 했던 말, 행동, 표정들, 그런 걸 떠올리면 가슴이 미어진다.

그 사람은 성장했고 그 시기는 지나갔지만 그 장면이나 순간의 사람은 그 나이 그대로 영영 내가 살아 있는 동안 기억된다.

이 마음을 잘 저장해두었다가 계획하지 않은 시간에 떠올리고 행복해한다. 그런 감정을 의도적으로 반복해서 불러오는 것만으로도 숨을 편안하고 괴로움 없이 쉬듯 행복해진다.

최근 인상깊게 읽은 책은 데일 카네기 『인간관계론』이다.

모든 사람이 자신이 중요한 존재라는 느낌, 소중한 사람이라는 느낌을 갖고 싶어한다. 존중받고 싶은 마음을 가지고서 좌충우돌하고 그것이 해결되지 않아 괴로움 속에 살아가는 걸 떠올리면서 눈물이 났다.

어차피 할 일이면 적극적으로 뛰어들라는 말을 떠올리면서 벌어질 일들은 벌어질 테고 피할 수 없으니 받아들이자 생각한다. 일어나는 일에 저항하지 않는다. 가져가려고 하면 가져가봐, 하고 더 줘버린다.

될 대로 된다. 볼 수 있는 만큼만 보는 것이고.

내가 좋아하는 사람을 찾아다니기보다는 나를 좋아하는 사람들이 있는 곳으로 갔다. 그곳에서 사람들은 나를 좋아한다. 나를 좋아하려면 여기까지 와야 된다. 거기에서 나를 좋아할 수는 없다.

그 장소, 그 공간에서 공평해지고 편안함을 느낀다. 나는 편안할 때 쌀 수 있다. 말하지 않고 표현하지 않고 자기 의사를 드러내지 않고 사물이나 기계처럼, 언제든 그만두고 일어설 수 있는 축축하고 부드러운 피부일 때 편안함을 느낀다. 다른 거, 질기거나 고개를 들거나 말하거나 흥분제를 흡입하거나 물어보지 말고. 그런 건 기분을 잡치게 하니까 표현하지 말고.

말하지 않고 물어보지 않고 느끼는 사람.

느끼고 싶어하는 사람. 그 자체를 원하는 사람. 말을 원하는 것도 아니고 감정을 바라는 것도 아니고 관계를 원하는 것도 아니고.

그러고서 생각. 집 생각. 치워야 할 것들, 빨래할 것들, 버릴 것들. 가지고 있는 것들, 쌓이는 것들, 쌓일 것들.

기분이 좋다. 혼자 산 올라가는 생각해서.

사람이 많이 모이기 전에 내려오려고 생각해서. 하지만 사람들 있는 곳에 가고 싶어 망설인다.

사람들이 오전 열한시에 아침 아홉시에 모인다고 하면 나도 거기 있어보고 싶다.

하지만 모여드는 사람을 겪고 싶지 않다. 그들은 멀리서 보면 된다.

사람들과 무얼 하고 싶은지 정확하게 알고 있다.

나는 하고 싶은 행동을 할 수 있는 시간을 확보하고 그 일들을 한다.

무릎이 아프다.

지금은 걸을 수 있는데 걷지 못하게 되면 어쩌지? 이걸 소모해버리기만 하는 거면 어쩌지?

사람들 말을 들어야지 생각하지만 떠들게 된다. 들을 때가 되면 듣게 될 것이다.

말하기 싫다. 말하지 않고 보고 싶다. 만나고 싶다.

술 마실 때는 둘이면 좋다. 세 명도 싫고 네 명이면 마시지 않는다.

네 명이든 열 명이든 마셔도 되지. 어차피 떠날 거니까.

보고 싶을 때면 생각한다. 누구한테 뭘 하고 싶어지면 생각한다.

그런 일들이 일어날 거였으면 나 말고 상대방이 나에게 했을 것이다.

그렇게 하지 않은 것을 보면 할 수 없었던 일이다.

기술이나 정확한 계산을 요구하는 것도 아니고 복권에 당첨되듯이 운일 뿐이다.

내가 저 사람에게 매력적일 수 있지 않을까 생각하고 싶어지면 그가 봐왔을 수많은 미청년을 상상해본다.

몸이나 외양이 훨씬 매력적이고 목소리가 안정되고 좋은 옷을 입고 손발톱에 흠이 없고 피부가 향기롭고 눈썹과 입 주변이 깨끗한 사람.

가정교육을 잘 받은 사람. 부모가 있는 사람. 형제자매가 있는 사람. 친구가 있는 사람. 결혼한 사람. 아이가 있는 사람. 서울에서 태어난 사람. 아파트에서 살았던 사람. 자기 방이 있었던 사람.

좋아하던 사람이 있었던 사람. 누군가에게 고백을 받아본 사람. 스키를 타본 사람. 축구나 농구를 해본 사람. 운동을 잘하는 사람. 손발톱이 빠져본 적 없는 사람. 낚시를 해본 사람. 아버지랑 목욕탕에 가본 사람. 여자친구가 있었던 사람. 아내가 있었던 사람.

누가 좋아 인간적인 호감으로 만났으나 그가 나에게 내가 왜 굳이 여자도 아닌 너를 만났겠느냐, 말하는 걸 듣게 되는 기분.

그것이 모든 걸 잡친다.

찜방에 가도 누워 있기만 한다. 안 건드리면 피곤한데 자니까 좋은 거고 누가 건드리면 건드리게 둔다.

저 사람이 마음에 들진 않고 밀치고 일어나고 싶어도 참는다. 내 몸에 뭘 할 때 그가 싸고 싶어하는데 방해하는 사람은 되고 싶지 않다.

싸게 놔둔다. 쌀 수 있도록 내게 싸기까지 참는다.

누가 보고 싶고 좋아하는 마음이 들려고 할 때마다 내가 몇 살인지 생각한다. 나는 서른일곱이다.

스무 살이나 스물한 살이나 어린애들은 그럴 수 있다.

날이 더워지면 밤이나 새벽에 산에 가야지.

누구 보고 가자고는 하지만 같이 가고 싶은 건 아니다.

산을 걸으면서 생각한다. 뭘 바라나?

박 타고 싶거나 고추를 빨리고 싶었으면 사우나 가서 누워 있으면 된다. 산을 걸을 필요는 없다.

퇴근하고 집 가면 밥 먹는 것이 곤란하다. 매번 숙제 같고 뭘 먹어도 만족스럽지 않을 거라고 예상한다. 원하지 않았던 음식을 먹거나 포장해온다.

속이 늘 불편하고 배불러 있다.

밤에 산을 헤드랜턴 없이 걸었다. 밝은 저녁부터 산에 올라 서서히 어두워지는 길을 걸었다.

다른 사람들은 불을 켜고 올라왔다. 나는 어둠 속에서 걸었다.

높은 산을 천천히 가고 싶다.

빨리 가고 싶은 마음을 버리고. 몇 시까지 어디에 가야 된다는 마음을 버리고 될 대로 걷는다고 생각한다. 천천히 걷는다고 생각한다. 그게 유일한 방법이고 원래 속도였다고 생각한다. 정말일까.

취한 사람과 있는 것은 재미없다. 나는 많은 사람이 내 기분을 좋게 해주려고 노력하는 상황을 겪었다.

나는 늘 다른 사람들이 나를 기분 좋게 해주기 위해 애쓰는 공간에서 사용되었다.

나도 너를 기분 좋게 해주고 우리가 서로를 기분 좋게 해주는 공간에서 같이 있었다. 감사합니다, 감사합니다, 소리를 들으면서.

이걸 원했지만 그걸 원한 것까지는 아닌 어떤 영역에 도착했음을 느끼면서.

이야기들을 생각한다. 사람들과의 관계를 이야기로 이해하고 있다.

이걸 어떻게 해결하거나 어떤 루트로 접근할까.

이 사람이 좋을 때 그렇지만 이 사람을 기분 좋게 해주고 싶은 마음을 억누르고 있을 때 어떻게 행동해야 하는지 배우고 있다.

누군가를 기분 좋게 해주기에는 지쳐 있다.

기력이 없어 하고 싶지 않다.

누워 있기만 한다.

나에게 일어나는 일들을 겪기만 한다.

보고 싶은 사람이 있어도 볼 수 없는 것은 우리가 보게 될 것이라면 보게 될 것이기 때문이다.

뭘 억지로 하려고 하지 않게 되면서부터 사는 게 편안해졌다.

갖고 싶은 것도 그래야 되는 것도 없고 다 그래도 되고 그럴 수 있는 일이 되었다.

이래도 되고 저래도 되고 상관없게 되었다.

그래도 최근에 누구를 기분 좋게 해주고 싶었을까. 그런 사람이 있었다면 그렇게 했겠지.

그 정도는 아닌, 그렇게까지는 아닌 사람들하고 있었다.

일을 하거나 우리가 겪는 공간이 공평하지 않은 사이.

사람들이 나이먹어가면서 기회를 잃어가고 있다는 생각이 든다.

저 사람은 작년보다 기회가 두세 개 더 줄었다.

저 사람은 혼자에 더 가까워지고 있다.

나이든 사람, 마른 사람, 키 작은 사람, 늙은 사람, 혼자인 사람.

노인을 보면.

살아온 날보다 죽을 날이 더 가깝고 훨씬 친숙한 사람을 생각하면.

신체가 주름졌고 딱딱하고 관절이나 어딘가가 고장나 걸음걸이에서 늙은 걸 숨길 수 없고 몸의 장치나 기관들이 제 기능을 수행하지 못하고 낡아버린 증거를 볼 때.

그러고 싶어진다. 그럴 수 있다.

그렇게 할 수 있다. 그렇게 하도록 둔다. 나는 완전히 그러고 싶어한다.

젊은 사람, 청년들, 어린이들, 덜 산 사람 말고.

죽기 직전의 사람, 수술한 사람, 배를 갈라본 사람, 중요한 장기를 잃은 사람, 수리한 사람, 복구되지 못한 사람, 수리 전인 사람, 수리를 앞둔 사람.

두려워하는 사람, 죽고 싶어하지 않는 사람.

이런 사람들에게 흥분하고 있다.

나를 이해하려고.

나는 몇 살에 죽게 될까? 언제 죽게 될까? 고원의 험한 고봉을 맨손으로 오르던 산악가가 죽은 이후 사람들은 R.I.P.라고 그의 영상에 추모 댓글을 남긴다.

죽음은 평화로울 수 있다. 쉴 수 있고.

누가 죽고 싶어하면 나는 그가 죽고 싶어하는지 죽고 싶다고 말하고 싶을 뿐인지를 알아챈다.

죽고 싶어하는 사람에게는 방법도 없다. 그건 다른 욕구나 무언가로 교환 가능하지 않다.

죽고 싶다고 말하는 사람에게는 교환하고 싶은 무엇이 있다. 그는 상황을 해결하고 싶은 것이다.

자기 처지를.

사람들이 자기 조건 안에서 시달리는 걸 본다. 나는 시청자처럼 그들의 사연을 관람한다.

내가 걸어다니는 걸 본다. 혼자 있을 때 생각하는 거, 혼자 있을 때 본 거, 혼자 있을 때 걸어다닌 거, 혼자 있을 때 잠들었던 거, 알고 있다.

나에게 일어난 일, 내가 겪은 일을 기억하고 있다.

연락하려면 할 수 있고 보려면 볼 수 있는 관계들을 머릿속에서 재생한다.

결말을 안다. 우연히 만날 순 있지만 계획할 순 없다.

허락하지 않을 것이다.

가끔은 그래도 그 문 앞에 서 있어본다. 이 문을 열고 들어가는 생각을 한다.

들어가서 할 행동들을 떠올려본다. 기분을 나쁘게 했던 말, 도발했던 말, 듣길 원했지만 해주지 않았던 말을 생각한다.

그래도 나는 좋아해서 옆자리에 앉아 있다.

이 정도로도 좋다.

내가 어떻게 보여지는지 다른 사람 눈으로 보고 있다.

나는 다른 사람이 아니라 나 자신이다.

내가 아니라고 생각하고 싶지만 여전히 나인.

책장에 있는 거대한 딜도들을 쓰다듬으면서 겸손해지려고 노력한다.

성기가 크다 작다라고 말할 수 있는 기준을 초과해 존재하는 이 실리콘 딜도들을 만지면 겸손해진다. 이럴 때 나는 남자 이하인 거 같다.

내가 생각하는 남자의 이하, 미달. 그러면 나에게 키스하는 이 사람의 혀를 감사하게 받아들일 수 있다.

이 사람의 '젖'이라고 불러야 하는 완전히 처진 초고도비만의 몸을 혐오스러워하지 않고 그의 거대한 머리통이 얼마나 넉넉한 목구멍을 확보해주는 조건인지 감사하게 된다.

그래도 가끔은 그 방으로 끌려간다. 어린애들이 있는 방. 예쁜 애들이 있는 방.

나였으면 하고 생각했던 방.

그곳에서 바라보고 있다가 걸어나온다.

가야 하는 곳으로.

나는 원해지지 않는 곳에 있기를 바라지 않는다.

나는 나를 원하고 기다리는 사람들이 있는 곳으로 간다.

내가 좋아하는 사람과 하기보다는 나를 싫어하는 사람들과 하고 싶지 않은 마음이 크다.

내가 도울 수 있고 해결할 수 있고 나를 필요로 하는 곳에 있고 싶어한다.

스스로 이상하다고 잘못됐다고 생각하지 않아도 되는 곳으로.

완전히 회피하면서 더 잘 피할 수 있는 곳으로.

그래도 가끔은 완전히 처맞고 싶기도 하다. 완전히 처맞아서 깨닫고 싶다. 내가 얼마나 처맞아야 했는지.

얼마나 늦게 처맞고 있는 것인지.

어떤 안간힘을 써서 이 처맞음을 회피하고 지연시켜왔는지 깨달아서 달라지고 싶다.

그럴 수밖에 없었다고 이해하거나 변명도 필요없다고 생각하지 않고.

나는 원하는 대로 살 수 있는 사람.

이만큼 알게 되었을 때 더 알고 싶었고 그걸 알게 된 사람이다.

살아 있도록 허락받는다면 어떤 걸 더 알게 될까?

살아 있기만 하면 배울 수 있다. 깨달을 수 있고 헤매면서 익힐 수 있다. 가야 되는 길을.

지금도 그 길을 잘 몰라 혼자 있으려 한다. 헤매고 있다고 들키고 싶지 않다.

길을 알고서 먼저 가는 사람들, 같이 가는 사람들, 멀어지는 사람들을 따라가고 싶다. 절대 그런 말은 꺼내지 않는다.

모르고 있음을 견딘다.

알게 될 일들이다.

다른 사람이 뭔가를 먹고 있으면 안심한다.

그는 아직 긴장하지 않은 것이다.

45

누구랑 섹스해야 될까? 누구랑 섹스할 수 있지? 누구한테 몸을 보여줄 수 있고 누구에게는 몸을 보여주는 게 부끄럽나? 누구는 나의 몸을 만져도 되는데 어떤 사람에게는 그가 내 몸을 보거나 만지는 일이 부끄럽다고 느낄까. 아마도 나의 몸을 판단하는 사람, 평가하는 사람, 너는 문제가 있어, 생각할 사람.

기대되는 역할값이 있을 때 그걸 수행해야 하는 부담에 미리 지쳐버린다. 나에게 섹스는 봉사나 노동에 가깝다. 그걸 기꺼이 감수하게 하는 무언가는 내가 어떤 존재인지 예측 가능하지 않게 초기화되는 기쁨에 있다. 섹스하면서 쓰여지는 거. 다른 사람들한테 원해지는 느낌도 좋지만 사회적으로 어울리고 있다는 느낌을 받고 싶을 때가 있다. 오랜 친구가 아니더라도 얕은 연결감으로 우리가 상호작용한다는 느낌. 상호작용. 그런데 여기에는 싫다는 감정이 한발 느리게 뒤따라온다. 나는 뭔가가 싫었는데 견딘 것이다. 상호작용을 위해서!

전에는 키가 작고 마른 사람들만 좋아했는데 이제는 키가 커도 덩치가 있어도 근육이 아니라 물렁살이어도 같이 놀다보니 흥분하게 된다. 배운다. 작은 사람들하고만 할 때는 작은 체구를 보면 흥분했다. 훈련되듯이. 그러다 덩치 큰 사람들, 나와 비슷하거나 더 큰 사람들하고 하다보니 몸이 커도 나쁘지 않다는 생각이 든다. 그렇게 완전히 껴안고 있을 때는 작은 덩치를 껴안을 때보다 내 몸의 더 많은 면적이 서로 닿아 만족감도 커진다. 세게 끌어안아도 껴안아지지 않는, 절대 내 악력이나 안는 힘으로는 으스러지지 않을 정도로 단단하고 두꺼운 이 덩치가 마음에 들기 시작한다.

나는 완전히 한다. 아무나와 뒤엉켜서 이 사람과 하다가 저 사람도 하고 우리가 다 같이 하는 모습을 본 사람들이 온다. 파트너가 밀쳐내는 경우도 있다. 둘만 하고 싶다고 말하기도 한다. 나는 같이 하고 싶고 같이 해야 흥분해서 발기도 의욕도 식는다. 그러면 파트너는 하나씩 허용해준다. 나는 이 사람이 애초부터 자기 의지가 아닌, 타인이 원해서 자신이 이렇게 되었다는 판타지를 갖고 있음을 알고 있다. 나는 그 사람이 원하는 말과 행동을 해준다.

내가 샤워할 때 그는 온탕 가장자리에 앉아 고개를 숙이고 있다. 거울로 그의 시선을 느낀다. 그는 기다리고 있다. 사우나로 들어가면 그는 나무 의자에 앉아 있다. 그는 무릎에 두 팔을 대고 턱을 괸 채 고개를 앞으로 내민다. 나는 그 앞에 서 있다. 사람들이 지나가면 그는 빠르게 내 성기에서 입을 뗀다. 여기 오는 사람들은 다 그렇고 그런 사람들이다. 자기도 그렇게 대해지길 기대하고 있다. 수면실에서 우리가 한창 하고 있을 때 옆에서 누군가가 조심스럽게 몸을 만지고 성기를 들이민다. 자기도 빨릴 수 있을지 확인하고 싶은 것이다. 파트너 볼에 손을 대고 부드럽게 밀어 그걸 빨게 한다. 누군가는 그에게 빨리면서도 내게도 빨리고 싶어한다. 내 파트너는 키스를 좋아하고 우리 둘은 혀가 얼마나 넓고 단단한 근육인지 확인할 수 있을 만큼 혀라는 좁은 면적이 무한히 확장하는 것처럼 키스하고 있다. 우리 둘 사이 입술에 누군가의 자지가 닿고 우리는 키스하면서 입에 들어온 귀두를 서로 빨기 시작한다. 누군가는 신음하며 정액을 쏟아내고 파트너와 나는 그 정액을 나누어 먹으며 키스한다.

나는 그렇게 다른 사람의 자지를 빨게 하는 것이 좋다. 그 정액을 나눠 먹는 것이 좋다. 어떤 사람들은 기회가 주어진다면 이렇게 하고 싶어한다. 나는 그런 사람들을 알아본다. 뭘 원한다면 그걸 원하는 사람들과 얼마든지 언제든지 원하는 만큼 더는 발기도 할 수 없을 만큼 성기가 쓰라릴 만큼 실컷, 하고 싶음이 바닥날 만큼 할 수 있으니까 평범한 사람들에게 욕구도 느끼지 않고 원한다는 이유로 괴로워하지도 않는다. 저 사람은 성욕을 느끼게 할 만큼 매력적이지만 더 매력적인 사람도 만나봤다. 어떤 사람들과는 평생 하지 않을 행동을 서로에게 허락해준다는 게 그리고 그게 만난다는 기약이나 관계성을 담보로 이뤄지는 게 아니라 책임지지 않음, 위험, 오로지 스스로 행동하고 그 결과에 책임지는 것으로 감당한다는 게 나를 흥분시킨다. 각자가 각자를 견디는 거다. 내가 지고 있는 이 짐을 들어달라고 요구하는 게 아니고 스스로 알아서 해결할 문제일 뿐이다.

상호작용할 때는 그와 정반대로 행동한다. 그가 견디고 있는 뭔가가 있다면 덜어주려고 한다. 도움을 주거나 해결해주는 일이 사명이고 소명이라고 생각한다. 사람들이 어려움을 겪고 있으면 풀어주는 거. 가급적이면 고통을 주지 않는 거. 하지만 그곳에 가면 나는 고통스럽게 한다. 완전히 구토하게 하고 울먹이게 하면서 눈물 콧물을 흘리게 하고 얼굴이 잘생겼다면 더는 잘생길 수 없게 만들어서 사람들이 처음에는 존중하고 어려워하고 조심했지만 이제는 망가지고 방치된 쓰레기가 된 그를 보면서 그가 되고 싶었던 마음을 꺼내고 건드리면서 만족시키는 중이다. 그는 부담스러웠던 자신이라는 소중함을 감당하지 않아도 된다. 그것은 망쳐졌다. 계산하고 있고 뛰어들지 못하는 저 사람들을 보면서 나는 뛰어든다. 참여하지 못하고 이렇게 살지 못하고 완전히 살지 못하는 사람들 말고 내일이 오지 않아도 괜찮다는 듯이 모조리 쏟아내서 아쉬울 것도 섭섭할 것도 없는 상태로.

어떻게 그럴 수 있을까. 어떻게 하면 이렇게까지 재밌진 않은 관계들을 유지하려는 마음을 먹을까. 내가 특정 상황에서 사람들에게 예의 바르고 자상하게 행동하는 것을 보며 만족한다. 내 캐릭터가 그렇게 보여지고 있고 그게 여기서 쓸모 있다는 생각에 만족한다. 그걸로는 해결 안 되는 감정이 있지. 그 쓸모 있음은 만족을 지연시키는 일시적인 조치에 불과하다. 깨끗하고 안전하고 지속 가능하고 건전하고 아름답고 과시할 수 있고 보여줄 수 있고 드러낼 수 있는 어떤 상황이 있다면 그 반대. 어디 어떤 곳에서도 우리가 바깥에 나가면 이 안에서 서로 어떻게 키스했었는지 절대 말하지 않는 그런. 내 입에 무엇이 들어왔고 내가 무얼 핥게 하고 빨게 하고 먹였는지 말하지 않는. 밖에서 그런 요구를 하면 미친놈이지만 이 안에서는 제발 그렇게 해달라고 애원해주는 사람이 있는 곳. 이런 욕구를 억누르거나 분리해내야 한다고 생각했는데 이런 욕구와 산다. 나는 이런 사람인 것이다.

파트너 관계가 필요한 게 아니고 일시적으로 만나고 우연하게 만나고 다음을 기대할 수 없이 최선을 다해 순간에 몰입하는 계기가 필요할 뿐이다. 나는 사람들을 기분 좋게 해주는 걸 좋아한다. 하지만 이 기분 좋게 해줌의 대상과 방향, 방법이 다를 뿐이다. 나에게는 사회적인 상호작용을 하며 내가 일으키고 타인에게 영향을 주는 감정과 내가 사우나에서 극장에서 혹은 다른 어느 곳에서 하는 행동이 다르다고 생각하지 않는다. 나는 상대방이 뭘 원하는지 알고 있고 그가 원하는 걸 그에게 준다. 상대가 싫어하는 거 원하지 않는 걸 하지 않는다. 그것은 바라는 바가 아니다. 나는 자신이 뭘 원하는지 알고 있는 사람에게 끌리고 그런 사람들과 있을 때 편안해진다. 이렇게 살아본 사람, 이렇게까지 해본 사람들과 있을 때 드디어 부끄러움을 느끼라는 요구를 듣지 않아도 된다. 우리는 공평하다. 수치심을 느끼라고 하는 목소리, 판단하는 목소리에서 떨어져 있다.

나를 판단하는 사람, 내가 판단당하는 순간을 생각한다. 나를 불편해하는 사람, 내 상황이 편하지 않은 사람. 그것은 그가 감당해야 할 문제다. 나는 그들의 문제를 내 문제로 가져오지 않는 법을 배웠다. 나는 이런 사람이고 이렇게 살고 있다. 내 입에 싸준 남자들 혹은 정액을 먹였던 남자들을 생각하면 가슴이 벅차오른다. 그들이 제일 소중하다. 남자가 다른 남자의 정액을 어떻게 먹을 수 있을까? 먹고 싶어하더라도 그것이 어떻게 가능할까? 나는 하고 싶음의 세계를 안다. 그걸 현실에서 이루는 건 꿈에 가깝다. 나는 안싸의 의미가 안에 싼다가 아니라 싸지 않는다는 말인 걸 안다. 누군가에게 싼다는 선택이 얼마나 쉽지 않은 일인지도.

키스하고 싶었을 때 키스하게 해준 사람, 껴안고 싶었을 때 껴안게 해준 사람, 속삭이고 싶었을 때 눈썹을 만지고 싶었을 때 코에 코끝을 맞대고 싶었을 때 볼에 눈을 부비고 싶었을 때 목덜미와 어깨에 고개를 묻고 싶었을 때 배에 가만히 귀를 대보고 싶었을 때 엉덩이를 손으로 쥐고 싶었을 때 엉덩이에 뽀뽀하고 싶었을 때 오줌을 먹이고 싶었을 때 항문에 주먹을 넣고 싶었을 때 자지를 빨고 싶었을 때 이대로 안에 싸고 싶었을 때 목구멍을 쓰고 싶었을 때 빼지 못하게 머리통을 붙잡고 숨을 헐떡이게 하고 싶었을 때 눈물을 흘리게 하고 싶었을 때 목소리를 듣고 싶었을 때 바라보고 싶었을 때 눈길을 피하고 싶지 않았을 때 그 모든 순간요. 그것은 어떤 계기로 이루어지나? 이거는 사람을 사귀는 것보다 훨씬 희박한 확률이다. 우리가 만나지 않으면 그건 현실이 아니다. 나는 현실에서 그런 일들을 한다. 현실에서 그들을 만나고 그들과 한다. 하고 싶었던 것을 한다. 앞으로도 언제라도 더한 것이라도.

그런데도 나는 사람들을 보고 싶어한다. 낯선 사람들, 본 적 없던 사람들을 만나고 그들과 인사하고 알아가면서 관계를 맺고 싶어한다. 내가 다른 모습으로도 다른 일로도 다른 방법으로도 환영받고 불편하지 않은 사이가 되는 것에 만족한다. 그래서 사람들을 보고 싶어하고 필요로 한다. 어느 한쪽만 있다고 되는 것도 아니고 두 방향 모두를 원한다. 사람보다는 공간에 끌린다. 거기 가면 그래도 돼, 거기 가면 다 그렇게 행동해, 하는 문법이 통용되는 곳에서 안심하고 사정할 수 있다. 어떤 사람이 나에게는 이런 행동을 해도 됩니다, 말하더라도 그가 혼자 감당하는 문제다. 공간에서는 다르다. 그곳에서는 모두가 공유한다. 정액을 삼킨 사람이 너 혼자가 아니라 너와 키스한 나, 나와 키스한 모두가 되는 것처럼 거기에서 일어난 일들에 연결되어 있다. 사정한 사람들, 나와 섹스하지 않았어도 그곳에 있었던 사람들, 출현할 상황들과 연결되어 있다. 다른 사람들의 성분을 완전히 조작하는 기분이다. 그들과 엉켜서 우리가 보내는 시간의 질감을 바꿔버리는 게 마음에 든다. 지금 여기 있었지만 함께 어딘가 다녀온 것처럼.

이 욕구가 해결되지 않고서는 살아 있다는 느낌이 들지

않는다. 나는 거의 초능력을 가진 거 같다. 섹스할 때 살아 있음을 초과하는 기분이 든다. 몸이 한 개가 아니라 일곱 개, 여덟 개이며 오늘 살아 있는 게 아니라 오래전부터 살아 있었고 앞으로도 살아 있을 무언가와 하나가 되는 느낌. 가능성들, 선택의 결과들, 다가올 것들과 같이. 우리는 보고 싶고 이 순간을 또 경험하고 싶지만 동일한 만큼의 자극, 동일한 크기의 사건은 두 번 일어나지 않는다. 지금 뭔가가 생겨났다가 그 즉시 파괴당하고 사라지는 중인 것이다.

46

얼마나 모를 수 있는지 생각하면 조심하게 된다.
이것은 왜 이렇게 생겼지? 묻는 사람을 본다. 나는 그것이 왜 그렇게 생기게 되었는지 짐작한다.
이것은 왜 이렇게 생겼나요? 저것은 왜 세모가 아니고 네모인가요? 세모면 좋을 거 같은데. 네모는 불편합니다.
나는 그것이 세모가 아니었다는 걸 알고 있다. 세모로 보고 싶은 것은 자신의 소망이고 바람이다.
자신의 네모가 마음속에 있었고 그것은 현실의 A와 상관없는 일이다.

어제는 큰 사람이 되어야지 생각했다. 큰 사람이 되어야지. 내가 얼마나 작은 사람인가. 얼마나 숨막히게 할 수 있는가. 바라는 게 없다고 생각하면서 바라는 걸 얼마나 찾아다니고 있는지. 밤에도 새벽에도 잠들지 못하고 아침까지.

애는 오줌도 먹어요. 먹여보세요.

그애가 난처한 눈빛으로 올려다보던 아저씨에게 말하며 웃었던 일.

큰방에서 있었던 일. 작은방에서 있었던 일. 사람들이 줄 서 있던 일.

그애의 가운을 대신 들고 안에 있던 휴대폰을 만지작거렸던 일.

신발장의 11번과 10번 열쇠를 바꿔 쥔 일.

나갈 때, 그건 11번에게 주세요, 저는 10번 주세요, 말했던 일.

박히고 있던 11번에게 나 먼저 갈게, 속삭였던 일.

생각한다. 나는 마음이 아팠던 게 아니라 컨디션이 좋지 않았던 것이다.

하지만 과연 사람들은 어디까지 견딜 수 있을까? 그것이 아니라면 왜 내가?

누구를 좋아하는 마음 없이 어쩌려는 마음 없이 원하면 원하는 대로 그러려는 바람 없이 희망 없이 소망하지 않고.

네모면 네모인 것이 감사한 채로.

세모면 세모인 대로 그것이 동그라미였으면 하고 바라지 않고. 동그라미를 찾아나서든지 받아들이든지.

아무도 여기까지 와본 적 없어. 아무도 이만큼 경험해본 적 없어. 다들 어느 정도 자기를 방어하면서 보호하면서 이 정도까지는 와본 적 없어. 뭘 질투하고 있었을까. 내가 모든 사람이 될 수 없다는 거. 내가 다음 사람이 될 수 없다는 거. 나를 질투하게 하는 저 사람조차도 다음 사람을 질투하게 된다는 거. 이 사람으로 정해도 될 거 같지만 늘 그 사람을 초과하는 다음 사람이 기다리고 있다는 거. 여기면 될 거 같지만 여기에서 잠잘 수 없고 묵을 수 없고 떠나야 된다는 거.

나를 가슴 아프게 하는 이 일의 가장 괴로운 것이 뭔지 안다. 벌을 받아야 된다. 벌을 받아야 하는데 그 벌은 자신이 뭘 원하는지 알 수 없는 벌이다. 무엇도 내가 원한 게 아니었던 것만을 상으로 받으면서 늘 부족하고 충족되지 않는 느낌에 공허함에 시달리면서 아침까지 잠들지 못해야 하는 벌이다.

아닌가요, 그러다가 갑자기

형, 저는 이제 좋은 사람 만났어요,

하는 생각도 해본다.

나도 그럴 수 있다고 생각해본다. 그러려고 했던 순간까지도.

생각을 많이 하지 마세요.

좋은 충고라고 생각한다.

이것들은 존재하고 있었다.

나를 가슴 아프게 할 수 있는 상황이나 요소들은.

늘 같은 시공간 안에 있었고 어느 날 어디론가 빨려들어가듯 사라져버린다고 해도 이상하지 않다. 그렇게 다들 잃어왔다.

견딜 수만 있으면 계속 할 수 있는 게임.

참을 수만 있다면 언제든 다시 할 수 있는 게임.

내가 뭘 원하는지 모르겠다. 몸이 약해져서 눈물이 난 것이다.

코로 뜨거운 숨이 나오고 맵고 귀에 열이 나서 멍하고 눈이 따갑게 충혈돼서.

많이 질투하면 몸에 피가 안 돈다는 사실도 배웠다. 완전히 긴장한 것이다. 뭔가에 놀랐거나 이게 나한테 치명적이어서 하면 안 된다고 행동을 제한한 것이다.

너한테 너는 이럴 사람인지 저럴 사람인지 생각해보라고 묻지 말고 스스로 어떤 사람이 될지 결정하자.

물이 차오르면 흘러간다.

차오르지 않는 물을 기다리는 사람은 어떡하나요.

일기예보를 매주 본다.

다음주에는 비가 오나요? 갑자기?

47

여러 일이 있었다.

생각했고. 생각하는 나를 바라보았다. 나를 바라보면서 바라보는 행동 외에 다른 걸 하지 않기를 부탁하고 있었다. 시간이 십 분이었다면 그걸 일 분이나 일 초로 쪼개서 정지시키고 흘러가는 걸 지연하고 있었다.

좋은 사람을 많이 만났다.

형은 나한테 형이라고 불렀다.

동생도 나한테 형이라고 불렀다.

그들에게 형이 되어주려고 노력했다.

허리가 아팠다. 허리가 아팠고 골반이 아팠고 허벅지와 종아리, 발목과 발바닥까지 저렸다. 감전되었거나 치통으로 신경치료를 받을 때처럼 의자에 앉아 있으면 허리가 저릿저릿했다.

지금도.

무엇이 행복할까? 약속하지 않을 수 있으면 행복하지.

내게 약속해라, 약속해라, 하고 약속할 수 없음을 설명할 때까지 기다려본다.

한 다발에 삼천 원 하는 이 꽃을 가져가도 되고 저 꽃을 가져가도 되는 하나로마트의 진열장을 본다.

안 팔리면요?

어제는 생각했다. 고양시 인구가 백만 명이고 파주시가 오십만 명인데 이중에서 찾지 못할 리는 없다.

내가 뭘 겪고 있고 뭘 보고 있는지 쓰지 못한다.

혼자가 되면 말할 수 있을 거다.

기억하고 있고 나만 기억하고 있다.

예전에는 누구를 만나면 십 년은 본다고 생각했다.

십 년은 봐야지. 그런데 지금은 십 년도 짧은 시간 같다.

그럼 이십 년은요?

어떤 사람은 육십이나 칠십이 넘은 사람을 어른이나 할아버지라고 생각하지만 나에게는 그가 다른 존재로 보인다.

그들이 보여주는 얼굴과 완전히 다른 가능성으로.

어린애들이 좋다. 이십대들.

표정만 봐도 어리다 싶고 허벅지 같은 걸 만져보아도 피부결이 더 매끄러운 친구들.

늘 나보다 삼십 년 이상 살아 있었던 남자들을 좋아해왔는데 어린애들도 재미가 있다.

앞에서는 발기가 잘 안 될 정도로 좋아한다.

저는 여기 있는데 여기까지 오시려면 오래 걸어야 됩니다, 한참. 그래서 십 년이 짧은 시간이라고 느껴요, 저는.

애널을 할 때 상대방이 나보다 귀하다는 생각이 들면 잘

못하겠다. 나의 고추는 여기도 가고 저기도 갔기 때문이다.

보드랍고 작은 엉덩이에 이 더러운 걸 넣는다니? 생각하면 미안해서 고추가 죽어버린다.

나는 목구멍 감별사가 됐다.

목울대만 봐도 생김새만 봐도 머리통만 봐도.

그가 음식을 어떻게 먹는지 보면 그가 자지를 어떻게 빨지, 얼마나 빨고 싶어하는지, 어떻게 하는 걸 좋아하게 될지 예측할 수 있다.

자기가 원하는 걸 아는 사람이 될 용기를 주세요.

진짜로요.

내가 원하는 것은 이것입니다, 라고 말하지 않을 용기를요.

원하는 것이 엇나가고 빗나갈 상황을 만들지 않을 지혜를 주시고.

제가 무언가를 원할 때 그 갈망이 남들에게 관찰되고 기록되고 있음을 늘 인지하고 있는 자제력을 주시고.

시험에 들게 하지 마옵시고.

사람을 찜방에서 만나면 좋다. 다른 공간에서 만나면 그들은 플라스틱으로 맛있어 보이게 만든 음식 샘플이라고 생각한다.

그들은 음식처럼 보이지만 먹을 수 없는 것, 소화시킬 수 없는 것이다. 나는 맛있어 보이는 이 모든 음식을 다 먹지 못한다. 찜방에서는 열 명, 스무 명과도 서로 몸을 만지고 키스하지만 바깥에서는.

나는 어떤 사람들하고 있을 때는 음식을 잘 못 먹고 어떤 사람들하고 있을 때는 편하게 먹는다.

늘 냄새를 생각한다. 음식 냄새가 몸에서 나는 순간. 누구를 만나 박을 타려고 한다면 나는 살갗에 밴 냄새부터 없앤다.

몸에서 냄새가 나면 위축된다.

소스나 양념 같은 음식 냄새라면 더욱.

사람이 먹는 존재라는 흔적, 뭔가를 먹었다는 흔적, 그런 것을 나나 상대에게서 발견할 때 힘이 든다.

그래서 어쩌려고 하셨어요?

아무것도요. 빨리 잊어버리려고요.

에쎄 일 미리를 편의점에서 사온다. 절뚝거리면서 걸어 농막으로 돌아간다.

개구리가 우는 논길을 걸어서 무덤을 지나 공장으로 간다.

세 동을 열어 보여준다. 비밀번호 끝이 5야. 5로 맞추면 열려.

안은 텅 비어 있고 창고 안에는 컨테이너가 하나 있으며 그 바닥에는 천이 깔려 있다.

여기서 먹어. 여기서 술을 마셔. 고기도 굽고.

옆동으로 이동해 문을 연다. 에어컨이 틀어져 있다.

저거는 꺼야 되면 끌까요?

○○○이 있어서 틀어놨어. 가져가서 먹을래?

채소 좀 줄까? 호박이랑 토마토랑 상추랑 많이 심었어.

술 더 있지. 냉장고에 있지. 나는 더 못 먹지.

나는 나이든 사람, 육체노동을 많이 하는 부지런한 나이든 남자의 등을 손으로 눌러보는 걸 좋아한다. 그의 등은 탄탄하고 척추뼈를 따라 골이 깊게 파여 있다. 새벽 두시쯤이고 우리는 헤어지기 전에 껴안고 있다. 그는 술에 취해서 내게 기대고 있어야 된다.

나는 술냄새를 풍기는 그의 거친 볼을, 나를 밀어내지 않는 몸을 느끼고 있다.

고마워.

진짜 고마워.

여기로 와. 다음에 와.

그럴게요.

48

누군가 내 한쪽 발을 입에 넣고 빨고 있다.

나는 기분이 좋아진다. 발을 빨리면 기분이 좋아지는구나. 발기하지 않아도 되고 사정하지 않아도 되고.

발가락을 다섯 개 모아 딥스롯하듯이 더 깊게 넣으려 하고 발가락 하나하나 그 사이사이를 혀로 벌려 소중히 빨기도 한다.

맨 끝칸이에요. 저는 옆칸이에요.

혀를 내민 입에 사정하고 나오며 그가 입은 축구 유니폼 팔에 쓰인 영문을 본다. GOAT.

등에 새겨진 유명 축구 선수 이름 때문에 그와도 하는 기분이 든다.

어떻게 하면 내가 뭘 원하는지 알 수 있을까?

어떻게 하면 말 걸고 싶고 다가가고 싶고 알은체하고 싶고 친해지고 싶어하는 이 마음을 침착하게 누를 수 있을까요?

그렇게 했으면서도 목격당하고 있다.

내가 흘리는 눈빛, 행동, 말투, 농담 모든 것이 기록되는 중이다.

어떻게 생각했길래? 무슨 일이 있었길래?

기억나지 않는다. 그날은 겨울이었고 술을 많이 마셨다.

나는 길바닥에 눕게 된다.

뭘 원하시는데요……

유부남들 혹은 헤테로는 나를 당황하게 한다.

게이라면 끌림 없는 상대에게 여지를 주거나 그럴 만한 행동을 하지 않도록 훈련되는데 순진하게 온몸으로 애정을 표현하는 남자를 만나면 가슴이 아프다. 그들에게 껴안아지며 흥분하게 되는 경험이 불쾌하다.

세상에 좋은 일들 멋진 장면 많이 있지만 봐서 뭐할까? 가슴 아프기만 할 거라면.

이따금 내가 어떤 사람인지, 어떤 사람이 될 수밖에 없는지 생각하면 소름이 돋지만 그럴수록 다짐한다. 좁은 시야를 가진 사람이 되자. 주변을 돌아보려 하지 말고 해왔던 대로 보이는 길에만 집중하자.

종로 포차거리는 다른 의미로 고통을 준다.

전에 나는 혼자, 다른 호모들은 여럿이 어울려 있다는 사실이 고통을 주었다. 그때 나는 고립되어 만만하고 친구가 없어 자신이 내게 어떤 행동을 했는지 고발당하지 않을 존재로 인식되었다면, 이제 나는 대중이나 사람들 앞에, 나를 성적 대상으로 보지 않는 긴장이 제거된 관계에 내던져진다.

그 시선, 여자의 시선, 헤테로 남자들의 시선.

나는 술 취한 아저씨를 부축하며 그의 방에 올라간다.

이윽고 더 술 취한 나는 침대에 누워 있고 아저씨는 내 얇은 반바지 위로 손을 뻗어 발기한 성기를 꽉 쥐었다 놓는다.

이런 건 뭘까.

이 사람은 호모가 아닌데 내 고추를 만지는 행동에 대

해서.

나는 기분 좋음을 느낄 수 있잖아요.

나를 기분 좋게 해주고 있다는 사실을 알고 있을까. 자신이 나를 기분 좋게 해줄 수 있다는 사실을. 어떻게 하면 내가 보고 싶어하는 너를 마음 편히 보고 싶어할 수 있을까?

우리 관계가 끝장나지 않고? 어색해지지 않고?

발을 부드럽게 빨리고 싶다.

발가락 사이를 부드럽게. 발가락을 둥글게 혀로 감싸고 입술과 볼로 흡입해가면서 침을 적당히 흘려가면서.

평화롭게 편안하게 잠이 오게.

발기하지 않아도 괜찮게. 흥분하지 않아도 되게.

목구멍에 오줌을 싸서 먹이고 싶다.

애는 발을 잘 빨지만 오랄을 하거나 오줌은 먹지 못한다.

애는 딥스롯과 구토플을 좋아하지만 오줌은 먹지 못한다.

애는 냄새나는 양말 신은 발을 얼굴에 문지르고 싶어하고 더러운 자지를 빠는 걸 좋아하고 목구멍에 오줌을 싸서 삼키는 걸 좋아하지만 애널을 하지 않는다.

애는 딥스롯을 좋아하고 오줌을 시키는 대로 잘 먹지만 항문에 주먹을 넣진 못한다.

애는 노콘 돌림을 좋아하고 오줌을 시키는 대로 잘 먹지만 딥스롯을 하지 못한다.

반바지를 생각한다. 말 걸고 싶었던 반바지, 귀여운 반바지, 조그만 체구의 반바지.

좋아한다고 표현하면 저도요 할 거 같았던 귀여운 반바지.

껴안고 뽀뽀하고 입맞추고 볼 부비면서 더 꽉 끌어안고 싶어질 반바지.

제가 잘하는 거요. 눈 맞추는 거요. 제가 집중하고 있다고 알려주면서 더한 것도 할 수 있어요. 선생님이거나 학생이거나 당신이 누구든지 간에요.

애들은 저한테 박아달라고 하지만 많이 빨리고 사정당한 뒤여서 더는 고추가 커지지 않아요.

갔죠? 오셨나요? 수면실 계단 옆 오른쪽 방이에요.

저요? 십 분이면 가죠, 부르셨잖아요.

49

찜방이나 사우나가 왜 편하고 좋을까. 내가 누구인지 꾸며낼 게 없어서다.

바깥이라면 이 사람이 뭘 원하는지 알 수 없는 포장 속에 있으니까 불편한데 사우나나 찜방에서는 다 벗겨져 있다. 옷을 실제로 벗는다, 제공된 가운을 입는다, 같은 맥락 안에서도 운동한 몸, 커다란 성기, 매력적인 얼굴 등 여러 차별점이 있지만 충분히 평등하다. 그가 내 성기에 보이는 관심이 명확하게 행동과 시선으로 포착된다.

  그렇지 않은 곳에서는요?

  어떤 사람이 못생겼다고 뚱뚱하다고 혹은 다른 이유로 그를 밀어내지 않는다. 원하지 않기로 하면 대체 가능한 얼굴이 있다. 밖에서 보았으면 나를 위축시켰을 근육질 몸이나 어리고 잘생긴 얼굴, 폭력적으로 느낄 법한 아름다움도 바라지 않으니 다치지 않는다.

  이 사람들이 여기를 나가 걸칠 옷이나 사회적인 맥락이 나에게 상처가 된다. 나는 그런 방면의 경험 없이 나이를 먹었고 앞으로도 그럴 거라는 거. 이 사람들이 섹스하지 않을 때 누군가와 '친목'할 때 어떤 방식으로 시간을 보내고 소통하고 서로의 몸을 만지지 않거나 만질 수 있는지 배우지 못하리라는 거. 내가 몸을 만져온 방식으로 타인을 만지고 욕망할 수밖에 없다는 거. 그 한계를 느낄 때마다 무서워진다. 이전에는 이 무서움 때문에 살고 싶지 않다는 생각까지 했다. 잘못 살고 있는 거고 찢어진 거고 망가졌다고 생각했다. 다른 건강함이 있다고 생각했고 나는 거기에서 배제된, 모두에게 공평하게 주어졌던 기회를 박탈당했고 훼손당했다는 느낌에 시달렸다면 지금은 아니다. 이런 방식으로 살 수 있다는 걸 안다. 다리를 다치지 않았으면 좋았겠지. 하지만 다리를 다쳐도 살아갈 수 있다고 생각한다. 무서운 일은 아니다. 무서운 일은 다리를 다쳤다고 살아갈 수 없다는 마음을 먹는 거지. 할 수 있는 일을 포기하고 보고 있는 걸 보지 않기로 하고. 확실하다. 나는 남자에게 성욕을 느낀다. 나에게 성욕을 느끼는 남자에게 성욕을 느낀다. 나에게 성욕을 느끼지 않는 남자에게도 성욕을 느낀다. 그걸 어떻게 구분하고 관리할지 익히고 있을 뿐이다. 얼굴이 굳어지더라도 말을 더듬더라도 눈을 제대로 쳐다보지 못하더라도 어색해 보이더라도 어떤 행동을 하는 것보다는 나으니까. 거짓말하지 않는다. 너에게 성욕을 느끼는 게 아니고 단지 누군가와 손을 잡고 싶었다, 껴안고 싶었다 거짓말하지 않는다. 사정하고 싶다고, 껴안으면서 발기했다고 말하는 편을 택한다. 아무나 나를 사용하고 나는 가능하다면 봉사하는 자리에 있는 게 편하다. 상대방을 기쁘게 해줄 수 있다면 내 욕구나 피로는 후순위로 밀어둘 수 있다. 나는 자신을 기쁘게 해줄 대상을 찾고 있는 사람에게 간다. 그것이 어떤 방식이든 배우려 하면서. 사람들은 기뻐지고 싶어한다. 누군가를 기쁘게 하는 법을 배워서 그들이 기쁘길 바랄 때마다 쓰여진다면 얼마나 행복할까? 내가 무얼 원하는지 안다. 그래서 찜방이나 사우나가 편하다. 거기는 지금만 있다. 지금 좋아해도 발기 안 되면 할 수 없지. 싸버려서 더는 싸지 못할 수도 있어. 누구에게 쌀지 언제 쌀지 이제는 싸도 될지 다들 망설이고 있다. 그래서 사정당한 팀이 좋은지도 모르겠다. 누군가는 이 사람한테 싸기로 결정한 것이다. 그럴 만하다고.

50

상상한다. 병원이나 경찰서, 법원. 살면서 특정 순간에 요구되는 공공기관이 존재하고 있었지만 필요해지는 때 그 기능을 하지 못하고 있었음을 들키게 되는 일을. 아프기 전에는 병원에 가면 나을 수 있을 거라고, 이 몸을 고쳐줄 거라고 생각했지만 그 병원이 무대의 세트에 불과하다면. 사람들은 역할이 지시된 가운과 유니폼을 입고 있지만 내가 기대한 해당 분야의 전문성이 결여된 배우의 의상일 뿐이라면. 시비가 있어 경찰서나 법원에 가면 해결하거나 억울함을 풀거나 조치해줄 거라 생각했지만 그런 일이 일어나지 않게 억제하는 역할일 뿐 실제 그런 상황에서는 완전히 무능한 기관이라면. 하고 싶은 말이 있을 때 하지 않는다. 사람들은 해도 된다. 사람들이 뭔가를 먹고 싶어한다면 그걸 먹고 싶어하지 않는 것만으로도 경쟁력을 갖게 된다. 내가 뭘 원하는지 안다. 뭘 원하지 않는지, 이걸 원하려다가 어떤 상황에서 후회하게 될지 머릿속으로 수없이 상황을 반복해본다.

 형이 목구멍에서 고추를 빼려고 느리게 목을 움직이며 의사를 표현할 때마다 빼지 못하고 물고 있도록 뒤통수를 깍지 낀 손이나 허벅지, 종아리로 가볍게 누르고 있었다. 형은 그럴 때마다 저항하지 않고 목구멍에서 스스로 빼는 대신 의도하는 대로, 귓불을 만지작거리기만 해도 어떤 신호인지 이해하고 삼키려고, 목구멍의 접촉면이 더 떨어지지 않도록 자발적으로 힘껏 애쓰고 있다. 버겁게 호흡하고 침을 흘리면서 내가 숨을 못 쉬게 놔두지 않는다고, 참고 견디면 숨쉬게 해준다고 신뢰하던 형의 얼굴이 보고 싶어졌고 그를 사랑하고 있다고까지 느끼게 됐다.

 광주에서는 벌어진 애널에 성기를 넣고 오줌을 쌌다. 주먹을 삽입했다 빼내 넉넉하게 벌어진 직장에 오줌이 차올랐고 피스톤질 할 땐 오줌이 새서 성기가 미끌거렸다. 피스팅 후 애널 속살이 튀어나왔다가 원래 자리로 되돌아가려는 그때 애널 입구에 귀두를 대고 가만히 있으면 힘을 준 내장이 밀려나오며 귀두를 감싼다. 힘을 줄 때마다 애널 로즈는 피어났다 오므라들길 반복하는데 이건 혀나 입안 점막으로 부드러운 오럴을 받는 기분이다. 여기까지 했다. 그럼 사람들이 내게 어디까지 해줘야 되지, 어디까지 겪어야 만족할까. 어느 정도까지 사람들이 해줘야 참 좋았다, 박 잘 탔다 할 수 있을까. 바라는 게 있으면 그 바라는 걸 다 겪었는데 뭘 더 해줘야 할까. 나는 이걸 원하는 사람을 만난다. 나를 위해서 자기 항문에 내 주먹을 넣게 해주었다, 나를 위해서 자기 목구멍에 내 고추를 넣게 해주었다, 이게 아니라 자기 목구멍에 고추를 넣으려 나를 만났고 자기 항문에 주먹을 넣기 위해 만난 내가 그에게 쓰이는 상황이 공평하다고 느낀다. 나를 위해 역겨운 오줌을 참고 마시는 게 아니고 오줌에 흥분하고 마시고 싶어하는 갈망이 있는데 그걸 채워주는 사람 중 한 명이 나였으면 하는 것이다.

51

식당에서 밥 먹고 돈을 지불하고 나올 때면 생각한다. 돈이 있어도 사람들이 내게 음식을 주지 않을 수 있다.

죄송하지만 여기는 들어오실 수 없습니다. 식사하실 수 없습니다. 이곳은 당신에게 금지되었습니다.

돈만 있다면 어디든 갈 수 있고 어떤 서비스든 요구할 수 있는 것처럼 보이는 세상에서 돈이 있더라도 사람들이 나를 배제하는 순간을 상상한다.

늘 있었던 순간.

다쳤을 때 병원에서 치료받지 못하는 존재가 되는 일.

다치기 전까지 나는 의기양양했다. 건강했고, 건강해 보였다. 그걸 유지할 수 있을 것 같았다.

나는 다쳤고 치료가 필요하지만 갈 수 있는 병원이 없다. 나는 구급차에 실려 이송중이며 입원을 거부당한다.

국립으로 가세요. 저희는 장비가 부족해서요. 감염병 전문 인력이 없어요.

알고 싶지 않았던 사실에 사람들이 노출되는 걸 생각한다. 눈을 마주치기 곤란해하고 밀폐된 좁은 공간에서 함께 숨쉬는 데 불편한 기색을 느끼게 되는 것. 보이지 않는 공기가 흘러갈 때 마치 무언가, '나쁜 것'이 실려 전해지거나 우리가 서로 섞일 것처럼.

회사를 그만두게 되는 순간을 상상한다.

고용되지 못하는 사람이 되는 상상.

고정 수입을 얻을 수 없고 성실히, 잘, 해보겠다는 의지나 증명과 상관없이 고용을 거부당하는 상상.

어쩌면 싸울 수 있을지도 모른다.

나는 글 쓰는 걸 좋아하니까 글을 써서 사람들에게 상황을 설명하고 내 입장을 설득할 수도 있을 것이다.

머릿속에서는 싸울 수 있다. 현실에서는……

그래야 할까?

누군가의 판단을 요구하는 게 아니다. 과학적으로 입증이 끝나고 사실이 정리된 문제다.

나는 이것을 계속 말해왔다. 하지만 앞으로도 해야 할까?

피로감을 이겨야 한다.

에이즈예방법 19조의 비합리성은 그만 말하고 싶다. 나는 늘 미래를 보고 싶다고 생각해왔다.

내가 시달리는 문제들이 해결된 이후의 세상.

그렇다면 다음 이야기는 사실이고 있었던 일이 된다.

그렇다면요. 저는 밥을 사 먹을 수 있나요? 나에 대한 어떤 사실이 노출될 미래에도요.

어쩌면 그런 순간을 기다리고 있는 걸까?

52

하루라도 호모가 다수인 세상에 노출되고 싶다. 종태원 같은 데 말고.

훈련소 시절 식당에서 훈련병 수백 명이 동시에 수저를 들어 입에 밥을 넣었다.

입교식 할 때 의경 칠백오십 명, 전경 이백오십 명이 대강당으로 이동했다. 저 멀리 길이 휘어질 때 사열로 전진하는 대원들의 팔이 보였다. 소매를 걷어올린 군청색 기동복 차림의 전경이 규칙적으로 팔을 흔들며 걷고 있었다.

힘은 고백밖에 없고 더이상 고백하기 싫다. 이제 나도 연애하고 싶기 때문에 사람처럼.

마음은 여기서 여기로 건너뛰지 못하고 이 가까운 벽을 돌아가려고 움직인다. 마음은 몰랐지. 자신이 움직이는 순간 다른 것도 변한다는 걸.

저녁 수원에서는 유리 아치를 수십 개 세워 만든 터널을 선희와 걸었다. 조명이 켜진 아치 속에는 종이로 만들어진 작은 산타 인형이 선물을 안고 있었다. 그 인형이 안고 있는 상자를 가리키며 말했다. 저런 거 보면 속에 아무것도 없을 줄 알면서도 꼭 풀어보고 싶다? 그러자 선희가 옆에서 맞아 맞아, 했다.

저녁에는 종현이가 화성까지 차를 운전했다. 신났다. 자꾸 타는 냄새가 났기 때문이다.

준섭이는 버스에서 지갑을 잃어버렸다고 했다. 그러자 현주는 아기 사진을 넣어두면 지갑을 되돌려줄 확률이 많다면서 자기 지갑을 보여주었다. 우리는 다같이 아기 얼굴을 보았다.

궁평항 벌판에는 주황색, 빨간색 그물들이 작은 언덕처럼 쌓여 있었다. 땅에 펼쳐놓은 그물은 단단하고 질겨 보였다.

창고는 공사중이다. 투탁투탁 무언가 쇳소리가 나고 작업자들 고함이 가끔 들린다. 영환이 형은 나에게 귤을 던져주었다. 야구공처럼. 하지만 천천히 내가 받을 수 있게 던져주었다. 이런 장난과 먹을 것을 주는 게 얼마나 고마운지 알고 있었다.

  나는 나를 볼 수밖에 없다. 아무리 오래전 기억으로 도망가더라도 말이다.

  단말기를 들고 창고를 걸어다닌다. 랙과 랙 사이를 돌아다니며 키보다 높은 선반에서 가방이나, 옷, 양말 따위를 꺼낸다. 누군가 이것을 사들인 것이다. 나는 그들을 모르지만 그들이 주문한 물건을 찾아준다. 내 손이 한번 닿은 물건을 그들은 만진다. 나는 빈 종이 박스를 칼로 찢고 차곡차곡 접어 파레트 위에 올려둔다. 지게차가 파레트를 반송기로 향하는 금속 레일에 올려놓기를 기다린다.

  출근하니 문은 닫혀 있고 영민이 형 와 있음. 잠시 뒤 팀장 형, 종섭이 형 등 출근. 휴게실에서 기다림. 어제 하던 랙 작업 마저 하기 시작함. 철제 선반에 빨간 테이프를 붙이고 그 위에 바코드를 덧붙이는 작업. 종섭이 형과 짝지어 일함. 영민이 형과 나머지 사람들은 칼로 랙에 남은 스티커를 떼어냄. 지훈이 형, 태균이 형, 대현이 형 출근했고 다른 곳에서 일함. 말없이 바코드를 랙에 붙이는 작업만 하다가 종섭이 형한테 어디 사느냐고 물어봄. 군포라고 함. 형에게 그럼 회사까지 걸어오냐고 물음. 5624 타고 온다고 함. 종섭이 형은 계속 노래를 흥얼거림. 중간에 화살

표 스티커가 모자라 사무실에 감. 팀장 형이 미영씨에게 전화해 컴퓨터 비번 물어봄. 사무실 두리번거리다 영민이 형 신분증 복사한 거 봄. 79년생. 팀장 형 와서 배송 시작. 점심은 볶음밥. 짬뽕 국물에 홍합이 들어 있었음. 커피 한 잔 마시려다 말았음. 오후 작업 시작. 대웅이 형 관둔다는 소리를 들음, 이번 달 말까지 한다고. 패킹 시작. '일단p'만 패킹함. 온풍기에 기름이 떨어져 채워넣음. 다리가 아팠음. ㅈ 연락함. ㅅ 연락 옴. 휴대폰 배터리 없었음. 일 끝나고 지갑, 휴대폰부터 가방 안에 있는 거 금속탐지기 검사 받고 나감. 일층 화장실에서 양치함. 팀장 형 차가 출발하는 게 보였음.

회사는 일주일째 야근한다. 내가 안 할 걸 알면서도 야근할 거냐고 매일 영환이 형이 물어본다.

퇴근하고 소지품 검사를 받고 있을 때 먼저 나간 대현이 형이 성원씨, 하고 뭐라고 외치는 소리가 들렸다. 엘리베이터를 잡아두었으니 빨리 나오라는 말 같았다. 나는 천천히 검사받았다. 출입문을 나오면서는 화장실 들러 오줌도 누었다. 엘리베이터 타고 일층에 내려왔는데 커피 자판기 앞에서 대현이 형과 현웅씨가 기다리고 있었다. 나를 보더니 현웅씨는 환하게 웃으며 왔다! 했다. 추운데 기다렸느냐고 물어보았다. 이제 갑시다, 대현이 형이 말했다.

수리산역에 도착했을 때 자동차 한 대가 출입구 표시 기둥에 처박혀 찌그러져 있었다. 기둥은 허리가 꺾인 채 비스듬히 기울어져 있었다.

준비가 되어 있다고 생각하지만 정작 중요한 부분을 누락당한 채로 쫓기는 기분이다.

나는 괜찮은 인간이 아니다. 그것을 감히 말하지 못하지만 내가 잘못된 인간이라는 건 말할 수 있다.

새로 신은 신발은 발볼이 좁아 아팠다. 이것은 팀장 형이 주었다. 모기, 쥐새끼 등등 별칭을 달고 있는 상사. 얼마 전 그와 단둘이 만나 술을 많이 먹었다. 하반신 마비가 온 그의 어머니는 안산 병원에 있었다. 술 마신 날 나는 팀장 형 집에서 잠들었다. 그는 새 옷과 바지와 신발을 주었다. 훔친 것이 아니라고 훔치지 않았다고 불량난 것이라서 가져왔다고 말하며 내게 주었다.

지난 사진 뒤적이다가 그림자로 찍힌 머리통만 보아도 이 둥근 그림자가 어떤 색깔과 부피를 가졌는지 생각난다. 손바닥으로 이 머리를 천천히 쓸어준 적도 있었는데.

내가 사는 방에는 베란다가 있는데 창문에 사과가 그려진 불투명한 시트지를 발라놓아서 마치 창문이 없는 것처럼 느껴진다. 베란다 창을 열어 바깥을 보면 마찬가지로 불투명해 안을 헤아릴 수 없는, 단순히 불을 켜놓았구나 짐작할 수 있는 맞은편 건물이 보인다. 졸릴 때 흐린 눈으로 창문을 보면 사과가 전부 사라진 것 같다.

눈앞이 뿌옇고 멀고 흐리다가 생생해진다. 세상의 질감은 이런 거야, 하고 일깨워주는 느낌. 일시적인 생생함, 일시적인 확대. 쓰기는 잠깐이나마 이 흐릿한 풍경을 손에 쥘 수 있고 파악할 수 있는 것으로 축소해서 내게 쥐여준다.

쓰지만 그 말은 할 수 없다. 사실을 기록해야 한다. 삶에서 노력하는 힘을, 감동하고 기뻐하는 데 쓰는 대신 그런 감정들을 통제하는 데 사용한다. 감정은 배고파도 먹을 수 없는 돌이다. 감정을 숨기는 일이 강요된 선택처럼 보여서는 안 된다.

다음엔 자고 가요.

잘 수 있어요? 거기서? 밤새 하는 거 아니에요?

하다가 자고 아침에 하고 또 낮거리하고.

이번주 토요일엔요?

이번주는 세이프예요. 번갈아가면서 해요. 베어백은 다음주예요. 안에 싼 데다 또 싸는 거 좋아한다면서요. 여기서는 할 수 있어요. 다음주에 와요. 와서 자고 가요. 아침엔 제가 라면도 끓여서 다같이 라면도 먹고.

네. 근데 저 작은 사람 좋아해요. 덩치 작고 마른 사람.

아…… 근데 저한테 뽀뽀 왜 했어요?

뽀뽀는 할 수 있죠.

네. 뽀뽀는 할 수 있죠.

이번주 토요일은 그때 그 시각에 보는 거예요?

네, 똑같죠. 그런데 멤버가 달라요. 세이프할 때는 세이프 멤버만, 베어백은 베어백 멤버만.

무대륙에서 몇 년 전 죽은 ㄷ씨를 만났다. 그가 살아 있을 때였다. 잡지 시작해요. 이전처럼 크게 안 하고 분량을 짧게 갈 거예요. ㄱ이랑 같이 일하면서 할 거라 너무 무겁게 가면 부담…… 8p나 16p 생각하고 있어요. 글 주세요. 동인련에 실었던 글 같은. 원고료도 있어요. 조금이지만 줄 거예요. 무대륙에선 다섯시부터 클래식 공연을 한다고 리플릿을 나눠주고 리허설을 했다. 아이폰 5를 천정에 매달고 각도를 조절하는 남자를 보고 있었다. 무대를 찍으려는 모양이었다. 저런 거 하나 있으면 촬영할 때 편하겠네. 아이폰 화질 좋지. 휴대폰인데 촬영 능력이 뛰어나다는 것이 갑자기 목이 메어올 만큼 기분을 좋게 만들었다. 카메라로 쓸 목적이 아니었을 휴대폰이 시간이 지나 카메라를 대체할 수 있을 만큼 발전했다는 게 두려움을 느끼게 한 거 같았다.

창비는 얼마 전 세계문학 시리즈를 시작했다. 고바야시 다키지 교환도서, 이거 받으셨어요? 실장님 방에 갔다가 잠깐 앉아봐, 하고 시작된 이야기. 너 자전거 타고 회사 다니지. 그거 위험해. 제주에 사는 동생 하나가 자전거 사고로 죽었다, 자전거 타다가 죽었다. 난 자전거 타는 거 안 좋아해, 책 오래 만들어야지. 그 친구가 문학을 했는데 시를 썼는데 잘 못 썼어, 너무 늦게 시작했어. 가봐. 그날 밤 꿈을 꾸었다. 꿈속에서 나는 두 손이 고장나 있었다. 그렇구나. 손이 고장났지만 걸어다닐 수 있으니까 하고 걷는데 그곳은 아주 큰 배의 바닥이었다. 칸막이도 벽도 없고 모든 것이 너무 크고 넓었다. 이게 커다란 배의 바닥임을 깨닫자 내가 물속에 있다는 생각에 겁이 나고 숨을 잘 쉴 수 없었다.

어떻게 해야 계속 벽에 몸을 던지는 사람을 이해될 수 있을까? 나의 문제는 여기에서 시작된다. 나는 벽에 몸을 던지는 사람이 있다, 그 사람은 몸을 벽에 던져져야 한다, 라는 사실을 아무 이유도 요구하지 않고 이해해버린다.

하고 싶은 것을 할 수 없음. 안 함, 못함을 들여다본다. 쪼그리고 앉아 들여다본다. 말하지 않고 입 다물고. 말을 하지만 어떤 말도 하지 않으니까 이건 하지 않음이다. 아무 말도 못한다. 그냥 본다. 목격한다. 느낀다. 왜 그렇게 행동해? 나도 모르겠어. 그래서 답을 찾아보려는 거야. 대답할 수 없어서 이걸 보고 있어. 느끼고 생각하고 있는데 말을 할 수 없어서. 말할 수 있게 되겠지. 천천히 무엇인가 입에서 저 앞으로 빠져나가는 것 같은데, 이게 소리라면 느리게 전달되는 것 같은데. 말하지 않는다, 침묵한다고 생각했는데 말이 안 나오는 거였어. 소리가 귀에 들리지 않는 거였어. 들린다면 말해주세요. 저는 말하고 있나요?

53

　오늘 예약 가능한지 여쭤보려고요. 여덟시 십오분으로 부탁드릴게요.

　숫자를 불러주시겠어요? 익명 검사라 숫자로 예약하거든요.

　이십일 번요.

　오늘은 구강검사예요. 삼십 분 전에는 물 마시거나 양치하지 마셔야 하고요. 늦으시면 검사 진행이 어려울 수 있습니다.

　이제 파주에서 서울역까지 GTX가 다닌다. 나는 운정중앙역에서 열차를 탄다.

　형 저는 오늘 계속 따먹힐 거예요. 생각 있으면 오세요. 아까 대물 형한테 안싸당했고요. 지금 중년 아저씨한테 노콘으로 박히고 있어요.

　응. 갑자기 서울 나가게 돼서. 이따 밤에도 있으면 놀러 갈게.

　폰으로 영상을 편집하며 자막을 달다가 졸고 눈을 떴을 때 열차 안은 사람이 없다. 느리게 어두운 지하를 이동중인데 안내방송이 나온다. 잠시 앉아 계세요. 오 분만 앉아 기다리시면 반대편에 내려드릴게요.

청소 도구를 든 아저씨가 걸어오더니 자기를 따라오라고 한다. 여기 말고 저기 앞으로 가면 바로 엘리베이터 탈 수 있어요. 열차가 출퇴근 시간에 기다리지 않고 출발해서.

그는 내게 친절하고 계속 따라오며 말을 붙인다. 나는 그의 얼굴을 똑바로 보지 못한다.

앞으로 걸어 이동하는 동안 열차는 전진하는 방향으로 조금씩 휘어진다. 칸과 칸을 연결하는 출입문이 활짝 열려 저 끝까지 한 번에 보인다.

카운터에서 예약 번호를 말한다.

생년이 어떻게 되세요? 1987년요.

지역은요. 파주시요. 네. 경기도요.

저기 잠시 앉아 계세요.

콘돔 쓰자/당연하지, 나 프렙도 해!/HIV감염 프렙과 콘돔으로 예방하세요

침대에 누워 있는 매력적인 남자들이 그려진 프렙 홍보 엽서를 한 장 챙겨 가방에 넣는다. 대기실 서가에서 내 책을 발견한다. 독립출판으로 펴낸 『아무도 만나지 않고 무엇도 하지 않으면서 2014~2016』과 난다에서 펴낸 『토요일 외로움 없는 삼십대 모임』이다. 누가 여기 이 책을 두었을까? 내 책이 모르는 곳에서 사람들에게 읽혀지고 있었다.

뒤로 아는 얼굴이 지나가는데 알은체 안 한다. 오늘 결

과가 나오면 이들이 내 상태를 알게 되는 걸까?

잠시 뒤 상담사와 마주하고 앉아 있다. 그는 오라퀵 키트 비닐을 뜯어 검사 스틱을 건넨다.

패드 부분으로 양치하듯이 잇몸을 긁어주시고요. 여기 바이알 튜브에 넣어주세요. 아래 잇몸도 더 긁어주시고요.

내게 설문지를 내밀어 나는 작성하고 되돌려준다. 콘돔을 사용하지 않은 이유에 중복 체크한다. 그중 하나의 답. HIV에 걸려도 상관없다고 생각해서.

아까는 아는 척을 못했어요.

네. 반가워요. 긴가민가했어요.

저는 바로 알아봤어요. 당연히 아시겠지만 비밀 유지는 철저히 되니까 안심하시고요. 그동안 병원에서 검사를 주로 하셨네요.

네. 여긴 오랜만에 왔어요. 오라퀵 나오기 전이니까. 몇 년 전이네요.

그때는 혈액 검사하셨어요? 마지막 검사가 작년 8월이네요. 이번은 의심되는 성관계가 있으셨던 거예요?

건강검진을 했는데 이상 소견이 나와서요.

검진에 HIV검사가 포함돼 있었던 거예요?

아뇨. HIV는 아니고 면역혈청검사에서 이상이 나왔어요. 아마 오늘 양성이 나올 거 같아요.

그는 설문지를 살펴본다.

양성이 나오면 어떨 거 같아요? 설렌다, 두렵다, 불안하다.

설렌다? 설레요.

설렌다?

올 것이 왔구나 하는 느낌. 비감염인으로 할 수 있는 이야기는 많이 했다고 생각했거든요. 여기부터는 안 가본 영역이니까. 그동안 계획해왔던 걸 할 수 있을 거 같아서 설레요.

어떤 계획요?

HIV양성이 되면 전파매개행위금지조항 소송을 하고 싶었거든요. 미검출 상태에서 보호 조치를 사용하지 않은 성관계를 하고 그런 저를 19조 위반으로 고소하는 거죠. 그런데 이걸 다른 사람 보고 하라고 할 순 없으니까.

그런 게 혹시 꿈이었나요?

아뇨. 제 삶의 작은 과제 중 하나.

그럼 더 큰 계획이 있어요?

살아 있기? 인간 세상에서?

활동가들이나 어떤 사람들을 보면 자신의 큰 꿈을 위해서 현실적인 부분을 포기하고 그러잖아요. 자기가 더 중요하게 생각하는 가치를 위해서 희생하고. 그런 것인가 했어요.

제게 HIV는 그렇게 큰 비중의 문제는 아닌 거 같아요. 상황이 점점 더 좋아지고 있잖아요. 의료적인 부분도 그렇고. 한국사회는 아직 낙인이 공고하긴 하지만. 제가

2018년에 처음 프렙했을 때와 비교해봐도 몇 년 사이에 많이 변했더라고요.

어떤 거가요?

그때만 해도 프렙이 길리어드 지원을 받아서 시범사업을 하는 중이었고 장기지속형 주사제도 두 달에 한 번 맞으면 되는 게 임상에 들어갔다고 했는데 이제는 상황이 달라졌잖아요. 선렌카도 일 년에 두 번이면 되고.

너무 잘 알고 계셔서. 그래도 설레기만 했어요? 그 감정을 더 살펴보면요?

나는 오늘 아침 변기에 앉아 검사지를 들여다보고 있었다. 챗GPT에게 면역혈청검사 이상이라는 결과가 무얼 의미하는지 물어본다. 그래서 최근 몸살로 아프고 새벽에 깨고 그랬을까?

두려움도 있었어요.

어떤 종류의 두려움이죠?

전처럼 사람을 만나기 어려울 거 같다는 두려움, 관계맺고 있는 사람들을 더는 볼 수 없게 고소를 당하거나, 제가 누구인지 알고 있는 사람들하고는 하지 못할 거 같다는. 그리고 그것들이 일하고 있는 회사나 주변 사람들에게도 부담을 주게 될까봐서요.

그래도 마음속에 두려움이 있네요.

네.

말을 안 하면 돼요. 내 상태를 말하지 않을 권리도 있어요. 모두에게 내 상태를 알려주려고 하지 않아도 돼요. 콘돔을 사용하지 않고 섹스한 거라면 상대방도 사용하지 않은 거잖아요.

그렇죠.

정기적인 파트너가 있다고 하셨는데 콘돔을 사용할 생각은 없으세요?

네. 근데 골든플을 하거나 딥스롯을 하는 사이여서요. 그런 경우에 콘돔을 쓰진 않잖아요.

그렇네요.

사람을 만나는 방식이 바뀌고 있어서요. 요즘은 항문섹스보다 피스팅이나 골든, 딥스롯을 주로 해요. 항문섹스는 가끔 최근엔 발기력도 잘 유지되지 않아서요. 딥스롯을 가학적으로 할 때만 흥분하고. 식이 되어도 발기가 잘 안 돼요. 일대일 관계일 때는 바텀이 준비 많이 했는데 만족시켜주지 못할까봐 부담이 있어서 다른 사람을 예비로 불러주거나 찜방에 가고요. 저는 박히는 동안 키스하거나 애무하는 식이죠. 피스팅도 비슷해요. 딜도나 주먹을 사용해서 하면서 제가 이전에는 성기나 특정 부위가 쾌감을 느낀다고 생각했는데 그게 아니라고 배우고 있어요.

그렇죠. 한국에서는 성기를 삽입해야 섹스라고 생각하기도 하는데 형태는 다양하니까요. 손만 잡아도 섹스가 될 수 있잖아요.

맞아요. 제가 악수하는 걸 좋아하거든요. 어려서도 목사님이나 남자 어른이 악수를 해줄 때 제 손이 꽉 감싸이는 느낌이 좋았는데. 피스팅을 하다보니 그런 기분이 들더라고요. 따뜻하고 감싸인.

그런데 어찌 운이 좋게 잘 변화하셨네요. 나이가 들수록 감염에 더 취약해지기 쉬운데. 신체적인 변화는 자연스러운 거니까요. 나이가 들면 소화도 잘 안 되고 성능력도 전 같지 않고. 어느 의사분이 그러시잖아요. 손가락 하나만 강하게 하는 법은 없다고. 혈액순환이 잘되고 뼈가 튼튼하고 우리 몸 전체가 건강해야 손가락도 강해진다고.

상담사는 시계를 본다.

음성이라면 어떨 거 같으세요?

다시 프렙을 할 거 같아요. 자료조사 차원에서 과거와 비교해 절차나 접근성이 얼마나 바뀌었을지 해보긴 할 거 같아요. 근데 항문섹스 빈도가 줄어서 프렙을 한다면 온디맨드로 할 거 같아요. 한국에서는 매일 한 알 복용하기를 권고하는 것으로 알고 있어서요. 이전에도 가급적이면 약을 매일 먹어주길 바란다고 그래야 시범사업 결과가 의미 있으니까. 제가 만나는 친구가 있는데 이 친구에게 프렙을 시켜주고 싶거든요.

애인인가요?

사귀는 사이는 아닌데 가끔 같이 찜방에 가요. 이 친구는 노콘으로 여러 명에게 받고 싶어하거든요. 그런데 자주는 아니고 한 달에 한 번 정도 그러는 거라 온디맨드로 하면 좋을 거 같아요.

매일 복용하라고 권고는 하지만 할 수 있는 만큼 하면 될 거 같아요. 우리가 열한시에 자려고 하지만 자지 못하고 밤에 폭식을 하고 그러듯이요. 백 프로가 아니라 육십 프로라도 할 수 있는 만큼만요.

상담사는 내 눈을 바라본다.

과장되게 말을 많이 했다는 느낌이 든다.

이따 결과가 나올 텐데 하나를 선택할 수 있다면 무엇을 고르고 싶어요?

나는 용액에 담긴 검사 스틱과 결과창을 확대해줄 볼록렌즈를 응시한다.

음성요.

그는 오라퀵 스틱을 내 방향으로 돌린 뒤 물어본다.

한 줄인가요? 두 줄인가요?

나는 돋보기 속 결과창을 들여다본다.

추천의 글

아웃 오브 스키마
김혜순(시인)

유성원의 글은 참 잘 벗는다. 그의 글은 일본의 사소설 작가들보다 잘 벗는다. 내가 벗는다고 할 때의 이 벗음은 몸을 두고 하는 말이 아니다. 그의 글이 그렇다는 거다. 그의 글은 벗은 다음 또 벗는다. 나는 이게, 알몸으로 쓰는 게 얼마나 어려운지 안다. 그러나 그는 아주 쉽게 하는 것처럼 보인다. 왜? 이미 벗었으니까. 그의 글은 다 벗은 다음 또 벗는 것을 자연스럽게, 아니 자연으로 한다. 자신과 자신의 상대가 자연의 일부이고, 그렇게 하는 것이 당연하다는 듯. 나는 이렇게 솔직하고 정직한, 그래서 기막힌 글을 이때까지 읽은 적이 없다. 단 하나도 꾸미지 않는 정직함, 발가벗음. 당당함, 그는 얼마나 자연인가. 노루처럼, 기린처럼, 은행나무처럼. 그에게는 '하는 척'이 없다. 그는 자아 없이 자연스럽다. 게다가 그는 성소수자가 아닌가. 그는 그의 소수자성을 자연스럽게 자연으로 진행한다. 그래서 우리에게 LGBTQ가 얼마나 자연의 일인지 알려준다. 그는 "애인이나 짝이 다른 사람하고 자거나 시간을 보낸다고 질투하는 게 이상하고 사람들이 시간 지나면 풀려날 마술에 집단으로 사로잡혀 착각하고 있는 것 같다"고 한탄한다. 그는 헤테로들의 그 마술이 우리가 자연스럽다고 여기는, 성별화 탓이라는 것을 이미 알고 있다. 그에겐 낙인 인식이 없으므로 그렇게 생각하는 거다. 그러나 '일반인'인 우리는 어떠한가. 이분법의 우리 안에 갇힌 우리가. 글을 쓰면서도 벗을 줄 모르는 우리가. 마술에 걸린 우리가 얼마나 오만한지 우리는 모른다. 그러나 그의 글을 읽으면 나는 그의 당당함이 얼마나 불쌍한지, 사랑하기가 얼마나 어려운지 알게 된다. 어떻게 그의 그런 말들이 가능한지, 나는 슬프다. 그는 말한다. "어떻게 살아야 원하지 않는 것을 원하지 않을 용기를 낼까" "어떻게 하면 사랑 없이도 건강하지 않아도 살아 있기를 선택할 수 있나" "다른 사람을 이용하지 않고 사용하지 않고". 그는 우리 같은 일반인들이 보기에 일종의 박애를 지향해가는 것 같다. 그는 질투하지 않는다. 그는 원하지 않을 용기를 낼 수 있다.

그의 글이 자연스럽다 해도 그가 남녀로 성별화된 몸을 자연스럽게 보는 건 아니다. 그는 의경과 전경 일천 명을 보면서 "하루라도 호모가 다수인 세상에 노출되고 싶"다고 잠시 생각해본 사람이다. 그가 의경, 전경을 보고 얼핏 그렇게 말하는 것은 일종의 항의다. 일반인들이 보기에 자연스러운 몸을 갖지 못해서, 살아갈 수도 없는 처지가 된 채 살아가는 이들을 향한 강한 애정이다. 그가 글을 쓰는 것은 내쳐진 이들(성소수자, 환자, 노인)을 향해 생존을 열어주려는 일종의 몸부림이다. 그리고 그가 그 몸을 갖고도, 그런 섹스를 하고도 존엄을 지키려는 하나의 사유하기이기도 하다. 말하자면 유성원은 살고 있기도 하고, 죽고 있기도 한데, 그가 살고 있다는 것은 삶의 불가능성을 헤쳐나가고 있다는 의미일 것이고, 그가 죽고 있다는 것은 삶 속에서 내쫓겨 그들만의 장소에서 그들만의 "새벽의 일들"에 빠져 있다는 것이다. 그가 "나는 다쳤고 치료가 필요하지만 갈 수 있는 병원이 없다. 나는 구급차에 실려 이송중이며 입원을 거부당한다"라고 입원을 거절당한 환자를 묘사하는 것은 자기 자신처럼 소외되고 내쳐진 몸으로 환자의 병든 몸을 대하고 있기 때문이다. 자연이라는 명명 아래에 살아가는 데도 삶이라고 이름 붙이기 어려운, 그런 삶을 사는 자신을 고발하고 있기 때문이다. 나는 이 글들을 읽으며, 고속도로를 백팔십 킬로미터로 달리거나 서른여섯 살에 자신이 죽었다고 말하는 그를 지금 눈앞에 세워두고 보는 듯 바라보며, 그가 죽는 것만이 해결책이라고 말하려는 건 아닌가 불안해지기도 한다. 왜냐하면 그가 "스스로를 감당하기 어려운 날이 오지 않도록 주의해야 하고" "어떤 행동을 안 하고 싶으면? 죽으면 된다"라고 말했기 때문이다. 그는 죽을 각오로 이 세상에 있다. 그는 또 말한다. "뭘 원하는지 아는 사람이 되고 싶었는데 가능한 일인지 모르겠다. 여기인가? 해서 두드리고 들어가보면 아니다. 이것은 지속되나요? 해서 들어가보면 아닙니다, 저는 사라질 겁니다, 하고 증발해버린다." 그만큼 우리나라에서 성소수자로서 사는 것은 무지막지 어렵다. 밤의 도시에 서식하는 외로운 삶들처럼 살아가야 한다. "헤매고" 있는, "들키고 싶지 않"은 몸이 거기 있다. 우리의 몸은 고정되어 있지 않다. 몸은 도식 안에 갇힐 수 없다. 몸은 엉긴다. 몸은 서로 스며든다. 몸은 파고든다. 몸은 계속 변한다. 몸은 결국 비체이다.

이 책은 일종의 성소수자민족지학이다. 이 책을 통해 우리는 우리나라의 게이 분포 지도를 그릴 수 있다. 또한 이 책은 성별화 밖으로 내쫓긴 이들에 대한 우리나라 현실에 대한 하나의 인류학적 보고서다. 그가 동성애자로서 "누군가를 좋아한다 해서 그를 만지거나 껴안거나 뽀뽀하는 스킨십을 할 필요가 없"을 수도 있다는 사실도 모르는 채, 연애의 서핑도 없이 그저 몸으로 목욕탕, 모텔, 이발소, 집, 풀숲 으슥한 곳, 찜방, 화장실, 공원 벤치, 농막, 부산, 인천, 광주에서 "봉사나 노동에 가"까운 행위에 빠져들고 마는지를, "램프를 돌고" "지하를 내려가는" "상황"이 되고야 마는지를 보여주는 구체적인 지정학적 보고서다. 그는 우리나라 안에서 성소수자의 관계의 불가능성을 처절하게 체험한다. 그 내용을 들여다보면 "어떤 사람도 내가 와 있는 이만큼의 검은색에 도달한 적 없을 거" 같은 처참한 일이다. "남자에게 성욕을 느끼"는 사람이 겪어내고 있는 하나의 지리지 안에서 그는 맹수다. 그러나 그는 관계 중에 발생하는 "음식 냄새"를 싫어하는, 얼마나 예민한 사람인지. "숨쉬듯 생각이 난다. 소중이 생각. 아 너무너무 소중한 아기 보물 하고 중얼거"리는 얼마나 여린 사람인지. "과거의 어느 순간, 그때 했던 말, 행동, 표정들, 그런 걸 떠올리면 가슴이 미어진다"고 하는, 작고 귀여운 것을, 마르고 작은 사람을 탐하는 다정한 사람인지. 그에게는 동성애를 찾아 떠도는 몸이 있고, 작고 여린 소중함을 간직한 마음이 있다. 그의 마음속엔 소중이가 있고, 그의 몸밖엔 내쳐진 물질로서의 다른 몸들이 있다. 그는 늘 각오한다. 그의 몸이 "이 비어 있는 플라스틱 생수병만큼도 물질이 아닌 것처럼" "나에 대해 기대를 접으면서…… 나를 나 이상으로 생각하지 않도록 주의하고 노력하면서. 사물을 사물 이상으로 여기지 않으려 노력하면서". 여기에서 그가 외치는 물질은 무엇이고 사물은 무엇일까. 물질은 성소수자로서의 그의 몸과 상대방의 몸이고, 사물은 그가 물질인 그의 몸을 사물 이상으로 생각하지 않으려는 각오의 산물이 아닐까. 자신의 몸을 "사물 이상"으로 생각하면 마음이 상하니까. "마음이 있으면 마음이 없어질 때까지" 애를 써야 하니까.

이 글들에는 스스로 비체되기를 감행하는 묘사들이 너무나 많다. 사실 우리의 몸은 정치적이고 사회적인 맥락 속에 있다. 그는 이 몸으로 "느끼니까 느끼고 느끼기만 하기에도 시간이 모자"라는 비복종의 비체되기를 감행한다. 너희들이 우리를 비체로 보니 내가 비체가 되어줄게, 라면서 행동하고 있다고 해야 할까? 그러나 그는 이전의 그의 글들에서보다 이 글들에서 훨씬 더 많이 자신의 생각을 피력하기 시작한다. "생각해야 한다는 마음이 위험하다. 생각을 제대로 하는 것도 아닌데" "생각을 안 하기로 했다. 다 생각해봤고"라고 그가 고백하고 있더라도 말이다. 그는 생각하지 않으려고 하는데 생각이 몰려온 상태에 있다. 이 책을 읽으면서 우리는 몸의 외형, 염색체, 호르몬, 생리 현상으로 인간을 구분하고 그것을 자연과 문화 이전에 두는 것이 관념을 모신 것이라는 생각을 저절로 하게 된다. 구분함으로써 '자연스럽지 못한 몸'이라고 규정된 몸들을 밤의 외곽지대로 내몬 것이 아니었던가 하고 자문하게 되는 것이다. 그 도식 밖에 있는 몸들을 '자연스럽지 않은 몸'으로 두는 것이 오히려 자연스럽지 않은 것이 아니었던가 다시 생각하게 되는 것이다. 유성원은 자연스럽지 못한 몸으로 취급받는 자신의 몸을 우리들 앞에 문란한 비복종, 가학적 교환으로 돌려세움으로서 오히려 자연스러운 글을 써나간다. 당당하게, 구체적으로, 자신의 몸 그대로. 자신과 같은 이들이 살 수 없는 삶을 이렇게 비체로서 살아내고 있다고, 당신들의 지금 그 권력이 온당하냐고. 항상 쉬지 않고 질문해보라고. 그들이 항상 헤테로들의 외곽을 떠돌듯 당신들도 그렇게 해보라고. "내가 가진 게 내 것이 아니라는 사실을" 알으라고, "이 존재들이나 사물들, 조건들은 내게" 어떻게 "오게 되었을까" 질문 좀 해보라고.

글 쓰는 이유: 밤에는 내가 보고 있는 이 풍경을 사람들에게 보여주고 싶었다. 빠르게 지나가는 불빛들, 속도감, 사람 없음, 휘어지거나 직선으로 앞으로 달려나가지는 이 새벽, 밤을 사람들이 보고 싶어할 거다. 구체적으로 쓰라고 타인에게는 말했지만 구체적으로 말할 순 없어요. 이건 관계에 대한 이야기니까. 나만 판단할 수 있고 타인을 판단할 수 없다.

나에게 섹스는 봉사나 노동에 가깝다. (……) 섹스할 때 살아 있음을 초과하는 기분이 든다. 몸이 한 개가 아니라 일곱 개, 여덟 개이며 오늘 살아 있는 게 아니라 오래전부터 살아 있었고 앞으로도 살아 있을 무언가와 하나가 되는 느낌. 가능성들, 선택의 결과들, 다가올 것들과 같이.

그는 "지금도 그 길을 잘 몰라 혼자 있으려 한다. 헤매고 있다고 들키고 싶지 않다"라고 하면서도 자신의 몸 자체와 그것에서 우러나오는 사유의 몸들을 함께 드러내기 시작한다. "어떻게 해야 몸으로 기쁨을 느낄까? 다른 사람에게 고통을 주지 않고서"를 생각하는 그의 몸은 이미 사유의 양식을 갖고 있었다. 그는 "사람들이 각자 무엇에 이상해져 있는지 구경"하는 것을 좋아한다. 그의 사유하기는 자신과 이 사회적 세계 안에서 산다는 것이 불가능한 사람들, "어떻게 살아야 하지? 싫어도 방법이 없는 사람들", 매트릭스 밖으로 내쫓겨 새벽을 떠도는 사람들의 삶이 정말로 구체적으로 불가능하다는 것을 드러냄으로써, 지독한 구체성을 얻는다. 소위 성별화의 도식에 고착된 사람들이 오히려 금지의 유구한 역사에 빠져 사유하기와 철학하기를 멈추고 있는 것이 아니냐고 뒤집어 생각하게 만든다. 그의 사유하기의 주된 특징은 다수자로서의 긍정성에 대해 소수자로서의 부정성을 크게 드러내지 않는다는 점이다. 부정성의 미덕을 역설적인 방법으로 찬양하지도 않는다는 점이다. 오히려 그는 자신의 글을 최대한 발가벗김으로써 그것을 드러낸다. 그는 글 안에서 행위하고 행위한다. 그럼으로써 섹슈얼리티의 도식에 대한 질문을 끌어낸다. 나는 이 글의 마지막에서, 성원씨가 말랑이 복숭아 후숙 얘기 자주 나누고, 성원씨가 밥 먹는 것을 지켜봐주는 사람이 늘 곁에 있는 그런 날들이 계속되었으면 좋겠다는 생각을 해본다.

작가의 말

당신의 심장은 당신을 위해 뛰고 있다.
그걸 기억하는 한 우리는 공평하다.
나를 배제하는 부드러운 질문에 감사한다.
그것이 나를 내가 좋아하는 나로 만들었다.

2025년 봄

유성원

성원씨는 어디로 가세요?

ⓒ 유성원 2025

1판 1쇄 인쇄 2025년 5월 7일	**펴낸곳** (주)난다
1판 1쇄 발행 2025년 5월 15일	**출판등록** 2016년 8월 25일
	제406-2016-000108호
지은이 유성원	**주소** 10881 경기도 파주시 회동길 210
펴낸이 김민정	**전자우편** nandatoogo@gmail.com
편집 권현승 정가현	**페이스북** @nandaisart
디자인 퍼머넌트 잉크	**인스타그램** @nandaisart
저작권 박지영 형소진 오서영	**문의전화** 031-955-8865(편집)
마케팅 정민호 박치우 한민아 이민경 박진희	031-955-2689(마케팅)
황승현 김경언	031-955-8855(팩스)
브랜딩 함유지 박민재 김희숙 이송이 박다솔	
조다현 김하연 이준희	
제작 강신은 김동욱 이순호	
제작처 천광인쇄사	ISBN 979-11-94171-39-3 03810

◇ 이 책의 판권은 지은이와 (주)난다에 있습니다.
◇ 이 책 내용의 전부 또는 일부를 재사용하려면 반드시 양측의 서면 동의를 받아야 합니다.
◇ 난다는 (주)문학동네의 계열사입니다.
◇ 잘못된 책은 구입하신 서점에서 교환해드립니다.
  기타 교환 문의: 031) 955-2661, 3580

난다